KB114591

검선마도

조돈형 新무협 판타지 소설

FANTASTIC ORIENTAL HEROES

검선마도 13

조돈형 新무협 판타지 소설

초판 1쇄 찍은 날 § 2020년 1월 16일
초판 1쇄 펴낸 날 § 2020년 1월 23일

지은이 § 조돈형
펴낸이 § 서경석

총괄팀장 § 노종아
편집책임 § 김대용
편집 § 김예슬

펴낸곳 § 도서출판 청어람
등록번호 § 제387-1999-000006호
등록일자 § 1999. 5. 31
어람번호 § 제2-2823호

주소 § 경기도 부천시 부일로 483번길 40 서경B/D 3F (우) 14640
전화 § 032-656-4452 팩스 § 032-656-4453
http://www.chungeoram.com
E-mail § chungeorambook@daum.net

ⓒ 조돈형, 2019

ISBN 979-11-04-92118-6 04810
ISBN 979-11-04-91930-5 (세트)

※ 파본은 구입하신 서점에서 교환하여 드립니다.
※ 저자와 협의하여 인지를 붙이지 않습니다.
※ 이 책은 도서출판 청어람과 저작자의 계약에 의해 출판된 것이므로,
  무단 전재 및 유포·공유를 금합니다.

검선마도

조돈형 新무협 판타지 소설

FANTASTIC ORIENTAL HEROES

13

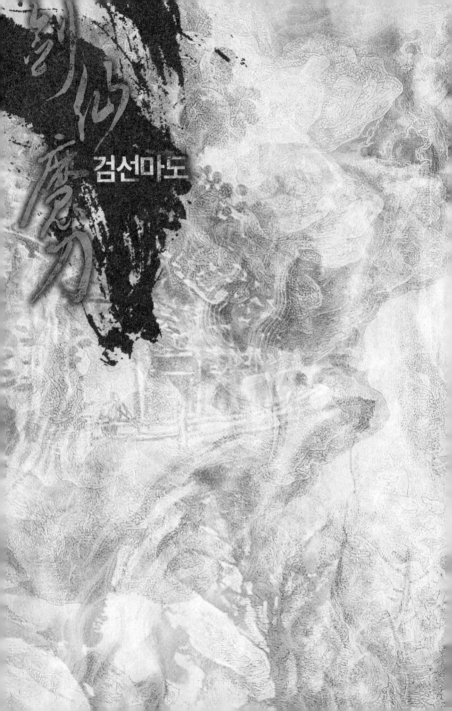

검선마도

제93장

신위(神威)를 떨치다

"오라버니!"

"형님!"

"밀은단이 궁주님을 뵙습니다."

모두가 저마다의 인사로 풍월을 반겼다.

가볍게 손을 들어준 풍월이 떨떠름한 표정으로 바라보는 황천룡에게 말했다.

"그동안 편하셨던 모양입니다. 그 정도 실력이 늘은 것을 가지고 천재 운운하는 것을 보니."

풍월이 스산한 눈빛으로 전신을 훑자 황천룡이 경기하듯

몸을 떨었다.

황천룡이 누구보다 빠르게 실력이 향상될 수 있었던 이유는 확실했다.

뒤늦게 꽃피운 재능도 재능이지만 풍월이 그 누구보다 거칠고 강하게, 실전 그 이상으로 굴렸기 때문이다.

"아, 아니다. 천재는 무슨. 그냥 헛소리다, 헛소리."

변명으론 불안했는지 황천룡이 유연청의 뒤로 얼른 몸을 피했다. 그런 황천룡의 모습에 왁자하니 웃음이 터졌다.

"괜찮은 거지요?"

유연청이 풍월의 곁으로 다가오며 물었다.

"괜찮지, 그럼."

"다행이네요. 평소보다 너무 늦어서 걱정 많이 했어요."

풍월이 그녀의 손을 가볍게 잡아주며 웃자 유연청의 얼굴에 홍조가 피어올랐다.

유연청과 몇 마디 말을 더 나눈 풍월이 밀은단을 살피며 말했다.

"며칠 사이에 또 달라졌군. 다들 열심히 한 모양이야."

"루주께서 도와주신 덕분입니다."

밀은단 단주 위지평이 힘차게 대답했다.

위지평은 전대 궁주의 목숨을 구하고 쓰러진 밀은단주 위지청의 동생이다. 형을 이어 밀은단주에 오른 그의 실력과 충성심은 단연 최고였다.

"고생했다."

풍월이 형웅을 돌아보며 말했다.

"고생은요."

형웅은 시선도 돌리지 않고 건성으로 대답했다. 이를 이상하게 여긴 풍월이 잠시 그를 살피다 물었다.

"무슨 생각을 그리 깊게 하는 거냐?"

"아까요."

"아까?"

"예, 형님이 바로 뒤에 오실 때까지 전혀 눈치를 챌 수가 없었습니다."

"그거야 네가 딴 데 정신을 팔고 있어서 그런 거지."

"아니요. 과거에는 물론이고 살황마존의 살예를 얻은 이후, 그런 실수는 안 합니다. 어떤 상황에서도 기감이 극도로 예민해져 있는 상황이라고나 할까요. 한데……."

고개를 흔드는 형웅. 그는 풍월이 자신의 바로 뒤에 올 때까지 전혀 의식을 하지 못했다는 것을 지금도 이해하지 못하고 있었다.

"그러고 보니 형님 분위기도 많이 바뀌었는데요."

"그래? 잘 모르겠는데."

풍월이 자신의 몸을 이리저리 살피며 웃었다.

"틀림없습니다. 뭐라고 딱 표현하기는 힘든데 틀림없이 달라요. 너무 평범해서 오히려 평범한 것 같지도 않고… 아!"

뭔가를 느낀 것인지 형웅의 두 눈이 크게 떠졌다.

"형님, 설마……."

씨익 웃은 풍월이 형웅의 옆구리를 툭 치며 말했다.

"자, 쓸데없는 소리는 그만하고. 저 친구들한테나 가보자. 이제 궁으로 돌아가야 할 것 같은데 충분히 준비가 됐는지 확인도 해야 하니까."

아직도 놀라고 있는 형웅을 끌다시피 하여 연무장으로 향하던 풍월. 하지만 갑자기 나타난 은혼으로 인해 걸음을 멈춰야 했다.

"궁주님을 뵙습니다."

은혼이 무릎을 꿇고 머리를 조아렸다.

"하하! 그렇게 하지 말라고 했잖아요, 은 형. 자, 어서 일어나요."

"감사합니다, 궁주님."

은혼이 조심스레 몸을 일으켰다.

"한데 표정이 왜 그런 겁니까? 궁에 무슨 일이라도 있는 모양이네요."

"그렇습니다. 조금 전, 군사께서 다급히 전서구를 보내셨습니다."

풍월의 표정이 살짝 굳었다.

"무슨 일이랍니까? 마련?"

"예, 놈들이 대대적인 공세를 펼치고 있다고 합니다."

"그거야 우리가 궁을 떠나올 때부터 했던 얘기잖아요."

"상황이 조금 심각하게 변한 모양입니다. 지금껏 정무련과 정의맹의 견제 때문에 공격에 참여하지 못했던 문파들이 대거 몰려들었다고 합니다. 특히 적룡무가가 문제인 것 같습니다."

"흠."

적룡무가라는 말에 풍월의 표정이 살짝 변했다. 그러고는 생각났다는 듯 말했다.

"위지평."

"예, 궁주님."

"철산도문에게 그만 훈련을 마치고 돌아오라 전해라. 내려오다 보니 서쪽 능선에서 훈련 중이었다."

"존명."

위지평이 명을 받고 물러났다. 하지만 자신이 직접 움직이지는 않았다.

밀은단주는 어떠한 상황에서도 궁주의 곁을 떠나선 안 된다.

위지평은 수하를 보내 궁주의 명을 이행토록 했다.

"얼마나 버틸 수 있다고 합니까?"

"이틀 이상을 버티기 버거울 것 같다고 하셨습니다. 궁주님께서 이만 돌아오셨으면 좋겠다고……."

은혼이 풍월의 눈치를 보며 말끝을 흐렸다.

"군사께서 그 정도로 말씀하셨다면 정말 급한 모양이네요. 그래도 아직은 시간이 있는 것 같으니까 여기 일은 마무리를 짓고 움직입시다."

빙글 몸을 돌려 연무장에서 자신을 기다리고 있는 수하들을 향해 걸어갔다.

풍월을 향해 청귀대와 황귀대의 대원들이 일제히 허리를 숙였다.

"청귀대가 궁주님을 뵙습니다."

"황귀대가 궁주님을 뵙습니다."

찬찬히 그들을 살피던 풍월의 입가에 미소가 지어졌다.

"좋아, 다들 열심히 했군."

흡족한 얼굴로 고개를 끄덕인 풍월이 두 사람을 호명했다.

"청귀대주와 황귀대주는 앞으로 나서라."

"존명!"

풍월의 말이 끝남과 동시에 두 사내가 한 걸음 나섰다.

청귀대주 협생, 황귀대주 물선.

두 사람 모두 삼십 중반의 나이에 강인한 인상을 지녔다.

"청귀대와 황귀대라는 명칭은 오늘부로 사라진다. 앞으로는 천마대라 부르겠다."

궁주의 말은 절대적인 것. 자신들의 소속이 사라진다는 말에도 두 대주는 물론이고 대원들 역시 조금의 미동도 없었다. 오히려 천마라는 이름에 알 수 없는 흥분감에 사로잡혔다.

"그대들은 지금부터 비무를 시작한다. 승자가 천마대의 대주가 되고 패자는 대주를 보필하는 부대주가 된다. 불만 있나?"

"없습니다."

협생과 물선이 동시에 대답했다.

"양보 따위는 필요 없다. 전력을 다해 실력을 보여라."

풍월이 목검을 드는 두 사람에게 소리쳤다. 하지만 쓸데없는 말이었다.

전통적으로 사귀대는 서로에 대해 엄청난 경쟁심을 지닌 터.

비무가 시작된 순간부터 두 사람은 마치 철천지원수처럼 서로를 공격했다.

연무장을 폭넓게 사용하며 치열한 공방을 펼치는 두 사람.

일각이 지났음에도 조금의 우열도 가릴 수가 없었다.

"누가 이길 것 같아요?"

유연청이 황천룡에게 물었다.

"글쎄요. 협생이 조금 유리한 것 같기도 한데……."

자신 없는 목소리로 말끝을 흐리던 황천룡이 형응을 툭 건드렸다.

"누가 이길 것 같냐?"

"물선요."

"물선? 조금 전부터 계속 밀렸잖아."

"밀린 척하는 겁니다. 결정적인 한 수를 위해서. 봐요."

황천룡이 형응의 턱짓을 따라 황급히 시선을 돌렸다.

형응의 말대로 조금씩 뒤로 밀리던 물선이 비장의 일격을 성공시켰다.

땅바닥을 구른 협생이 벌떡 일어나 재차 달려들었지만 이미 승부는 끝났다.

"허! 진짜네. 잘 모르겠던데."

황천룡은 새삼스러운 눈길로 형응을 바라보았다.

"훌륭한 승부. 멋진 공격이었다, 물선."

풍월의 칭찬에 물선이 얼른 한쪽 무릎을 꿇으며 예를 차렸다.

"감사합니다, 궁주님."

"이것으로 천마대 대주는 결정되었군. 협생."

"예, 궁주님."

"어째서 패했다고 생각하지?"

"방심했습니다."

"맞다. 하지만 기억해라. 그 방심을 이끌어낸 것 역시 물선의 실력이라는 것을."

"명심하겠습니다."

협생은 순순히 패배를 시인하며 고개를 숙였다.

풍월이 어느새 주변으로 몰려든 청귀대와 황귀대원들을 둘러보며 소리쳤다.

"내일 아침, 궁으로 돌아간다."

순간, 모두의 표정에서 비장함이 흘렀다.

마련의 거센 공격이 이어지고 있다는 것은 그들 또한 알고 있는 터. 궁으로 돌아간다는 의미를 모르는 사람은 아무도 없었다.

"그 전에 마지막 훈련을 시작한다. 밀은단주."

"예, 궁주님."

"밀은단도 저쪽으로 붙어라."

"존명."

이미 비슷한 훈련을 받은 적이 있는지 두말하지 않고 이동했다.

밀은단이 황귀대와 청귀대 사이에 자리를 잡자 풍월이 땅에 떨어진 나뭇가지 하나를 집어 들었다. 그러고는 나뭇가지를 그들에게 까딱거리며 말했다.

"자, 덤벼."

*   *   *

"백골문에서 지원 요청이 왔습니다."

"광풍가도 위험하다는 전갈입니다."

"서북쪽 방어선도 뚫렸습니다."

순후는 사방에서 밀려드는 보고를 접하며 관자놀이를 지그시 눌렀다.

위험했다.

지금까지 수많은 위기가 있었지만 오늘처럼 위기감을 느낀 적은 배덕자들의 포위망을 뚫고 패천마궁을 탈출할 때뿐이었다.

'아니, 천마동부에서도 위험했군.'

흑귀대주의 등에 업혀 개천회의 공격에서 벗어나던 때를 떠올리며 입술을 꽉 깨물었다.

"지원할 수 있는 병력은 얼마나 있지?"

"천도림(天刀林) 쪽이 비교적 잘 버티고 있습니다. 지원할 여력이 있을 것 같기는 합니다만, 상황이 어찌 변할지 예측하기가 힘들어 응할지 모르겠습니다."

"일단 전령을 보내라. 그쪽은 뚫려도 상관없지만 이쪽이 뚫리면 안 된다."

"알겠습니다."

"전홍 장로님은 어느 쪽으로 움직이셨지?"

"백골문으로 가셨습니다."

"백골문보다는 광풍가다. 그쪽으로 이동하시라 전해라."

"예."

"한데 잔결방은……."

순후가 말끝을 흐렸다. 명을 받은 수하가 이미 몸을 돌렸기 때문이다.

"후!"

순후의 입에서 답답한 숨이 흘러나왔다.

바로 그때였다.

"군사님!"

전령이 문을 박차고 뛰어들었다.

"무슨 일이냐?"

순후가 벌떡 일어나 물었다.

"잔결방이 무너졌습니다."

"맙소사!"

순후가 머리를 감싸 쥐었다.

다른 곳은 어찌어찌 감당을 할 수 있다고는 해도 잔결방은 아니었다.

패천마궁 내에서 가장 강력한 전력을 지닌 그들이 무너지 면 답이 없었다.

순후가 넋이 나간 표정으로 털썩 주저앉고 말았다.

"으악!"

"크아아아악!"

"사, 살려줘!"

온갖 비명과 처절한 외침이 난무하는 전장.

오전부터 시작하여 근 두 시진 가까이 치열한 공방이 벌어 지던 전장은 그야말로 지옥도를 방불케 했다.

시산혈해!

헤아릴 수 없을 정도로 많은 이들의 시신이 산을 쌓고 그들 이 흘린 피가 내를 이뤘다.

말로 표현하기 힘든 참혹한 전장이나 양측의 분위기는 확 연히 엇갈렸다.

노도처럼 이어지는 마련의 파상공세를 감내하면서 한 치도 밀리지 않았던 잔결방이 마침내 무너져 내렸다.

처음 그들과 싸웠던 북명천가의 공격은 충분히 감당할 수 가 있었다.

과거엔 막강한 전력을 보유한 북명천가였으나 풍월과의 충돌로 인해 수뇌들이 대거 목숨을 잃은 지금은 그 힘이 많이 위축된 상태였다.

물론 그렇다고 해도 잔결방이 간단히 물리칠 수준은 아니었다.

전황이 갑자기 변한 것은 정오가 지날 무렵, 적룡무가의 정예들이 본격적으로 싸움에 뛰어들면서부터였다.

힘의 열세를 느낀 수하들이 몇 번이나 퇴각을 주장했지만 잔결방주 풍천황은 물러서지 않았다.

잔결방이 무너지면 패천마궁의 앞마당을 내주는 꼴이다. 설사 물러난다고 해도 패천마궁이 무너지면 후일을 기약할 방법이 없었다.

풍천황이 결전의 의지를 다지자 수하들 역시 죽기를 각오했다.

적룡무가와의 싸움은 오전의 싸움과는 비교도 되지 않을 정도로 처절하고 처참했다.

수라검문이 무너지고 사실상 마련의 우두머리가 된 적룡무가의 힘은 강했다.

그들은 결코 서두르지 않았다.

잔결방에 속한 개개인의 제자들이 얼마나 지독한지 그들은 너무도 잘 알고 있었다.

상대에게 조금의 부상이라도 입힐 수 있다면 팔다리를 버리는 것은 예사고, 여차하면 동귀어진의 수법으로 함께 죽자고 달려들었기에 최대한 조심히, 그러나 철저하게 무너뜨렸다.

"크흑!"

외마디 비명과 함께 풍천황의 한쪽 무릎이 꺾였다.

사방에서 안타까운 외침이 터져 나왔지만 풍천황 주변으로 완전히 인의 장막이 쳐져 있고 홀로 고립된 상황인지라 그를 구하러 달려올 수하들이 없었다.

"후! 예전부터 느낀 거지만 그런 몸으로 참 대단해."

풍천황을 쓰러뜨린 적룡무가의 대장로 황하교가 진심으로 감탄을 했다.

한쪽 다리가 유난히 짧아 키도 제대로 크지 못했고 지팡이가 없으면 중심 잡기도 힘든 몸을 지닌 풍천황.

무공을 익히기엔 최악의 몸임에도 그토록 고강한 무공을 지녔다는 것은 그의 노력이 얼마나 대단한 것인지 여실히 보여주는 것이었다.

"헛소리하지 말고 죽여라!"

꼬챙이처럼 생긴 검에 의지해 겨우 몸을 세운 풍천황이 당당히 소리쳤다.

"지금이라도 항복을……."

"개소리하지 말고. 병신으로 태어났어도 의리가 뭘지는 안다. 네놈들은 몸이 아니라 여기가 병신이야."

풍천황이 자신의 머리를 툭툭 치며 비웃었다.

"하긴 항복을 한다 해도 문제군."

황하교는 북명천가의 분위기를 힐끗 살피곤 쓴웃음을 지었다.

오전 내내 잔결방에 고전을 하며 많은 피해를 입은 북명천가는 무시무시한 기세로 잔결방의 생존자들을 주살하고 있었다.

"쯧쯧, 대체 왜 이렇게까지 버티는 거지? 마존이 죽으면서 패천마궁은 사실상 끝났다."

"닥쳐랏!"

"설마 이번에 새롭게 궁주가 됐다는 그 애송이를 믿는 건가?"

황하교가 혀를 차며 물었다.

"……."

"허! 정말 그런 모양이군. 한데 믿음의 결과가 이건가? 놈은 어디에 있지? 수하들이 다 죽어가는데 궁주란 놈은 어디에 있느냔 말일세. 한심한!"

황하교의 비웃음에 풍천황은 아무런 대꾸도 할 수가 없었다.

그의 말대로 패천마궁이 절체절명의 위기에 빠졌음에도 궁주의 모습은 어디에도 보이지 않았으니까.

그때였다.

마치 질문에 대답이라도 하듯 황하교의 등 뒤에서 착 가라앉은 음성이 들려왔다.

"나를 찾은 건가?"

"미 장로! 더 이상은 힘드오. 퇴각해야 할 것 같소."

광풍가의 추소기가 이를 악물며 소리쳤다.

피투성이가 된 얼굴하며 온몸의 상처에서 피가 줄줄 흘러내렸다.

피칠갑을 한 그의 몸이 지금 벌어지고 있는 싸움이 얼마나 치열한지 여실히 보여주고 있었다.

"안 되오. 이곳이 무너지면 걷잡을 수가 없소이다."

추소기와 똑같은 몰골을 하고 있던 장로 미천고가 그의 팔을 잡으며 거칠게 고개를 흔들었다.

"하지만 답이 없잖소. 배가 훨씬 넘는 인원이오. 솔직히 이만큼 버텼으면 잘한 것 아니오?"

"조금만 더 버텨봅시다. 군사에게 상황을 알렸으니 곧 조치를 취해줄 것이오."

"빌어먹을! 그 조치 기다리다 본가의 아이들만 모조리 뒈지게 생겼소."

추소기가 전장에서 치열하게 싸움을 벌이고 있는 광풍가의 무인들을 가리키며 소리쳤다.

오전까지만 해도 백 명이 훌쩍 넘었던 인원이 이제는 오십도 채 남지 않은 상태였다.

그마저도 급속히 줄고 있었다.

"퇴각을 한다면 어디로 갈 것이오? 설사 몸을 뺀다고 해도 놈들은 광풍가를 결코 용납하지 않을 것이오."

"하지만······."

"명심하시오. 우리가 살 길은 오직 하나. 이곳에서 어떻게든 버티는 것뿐이오."

"······."

미천고의 말에 이글거리는 눈빛으로 한참이나 그를 노려보던 추소기가 탄식하며 말했다.

"하! 이럴 줄 알았으면 못 이긴 척 넘어가 버릴 것을. 줄을 잘못 잡았어."

"흐흐흐! 아예 제안도 없었던 것으로 아는데, 아니오?"

미천고가 웃으며 물었다.

광풍가가 힘이 없어서 그런 것이 아니다.

패천마궁에 대한 광풍가의 충성은 예로부터 유명한 바, 패천마궁을 배반하자는 제안 자체가 씨도 먹히지 않을 것임을 알기에 마련 측에서 처음부터 배제한 것이었다.

"그러니까 더 억울하오."

"억울하기보단 영광으로 생각합시다."

미천고가 싸움을 포기하려던 추소기를 격려하며 다시금 전장으로 눈을 돌렸다.

추소기를 격려할 때와는 달리 표정은 딱딱히 굳어 있었다.

말은 그럴듯하게 했지만 이미 한계라는 것을, 버티기 힘들다는 것은 그 역시 잘 안다.

적들의 파상공세는 여전히 이어지고 있었고 그들을 막아야하는 광풍가와 패천마궁 무인들의 사기는 이미 땅에 떨어졌다.

'잘 버텨봐야 반 시진인가? 아니, 어쩌면 훨씬 더 빠를 수도. 군사, 상황이 이러한데 대체 뭘 하고 있는 것인가?'

미천고는 절망적인 상황에서 자신도 모르게 순후를 찾았다.

그의 간절한 부름에 답이라도 하듯 전장 반대편에서 엄청난 함성이 터져 나왔다.

"와아아아!"

갑작스레 들려온 함성은 이내 전장을 뒤덮었다.

"보시오! 군사가 지원군을 보낸 것 같소."

미천고가 뛸 듯이 기뻐하며 소리쳤다.

"그런 것 같소. 젠장! 보내려면 조금만 더 빨리 보낼 것이지. 꼭 이렇게 애간장을 태우게 만들다니."

추소기는 패배는 물론이고 죽음까지 생각하던 절망적인 순간에 도착한 지원군에 기뻐하면서도 본궁의 뒤늦은 조치에 불만을 터뜨렸다.

"지원군이 도착했다. 이제 조금만 버티면 된다. 모두 힘을 내라!"

추소기의 외침에 곳곳에서 호응하는 함성이 터져 나왔다.

하지만 적진에선 별다른 반응이 없었다. 딱히 당황을 한 것 같지도 않았다.

지원군이라 봐야 고작 오십 남짓.

겨우 목숨만 부지하고 있는 광풍가의 잔당들과 합친다고 해도 백여 명에 불과했다. 시간은 조금 더 걸리겠지만 대세에는 전혀 지장이 없었다.

"버러지 같은 놈들! 죽을 때가 되더니 정신이 어찌 되었나 보군."

"공격해랏! 당장 헛된 망상을 깨뜨려 주어라."

귀살문과 흑사문의 수뇌들 입에서 가소롭다는 비웃음이 터져 나왔다.

그들의 비웃음이 경악으로 변하는 것은 순식간이었다.

최초, 북쪽에서 모습을 드러낸 지원군은 눈 깜짝할 사이에 전장의 중앙을 관통하며 닥치는 대로 적들을 주살했다.

그야말로 추풍낙엽이다.

지원군을 얕보던 귀살문과 혹사문의 제자들은 제대로 된 대응도 해보지 못하고 허무하게 쓸려 나갔다.

두 문파의 수뇌들이 악을 써가며 무너지는 진영을 수습하려 했을 땐 이미 치명타를 당한 상황이었다.

전장에 난입한 적들의 정체를 확인한 이들이 겁에 질려 소리쳤다.

"화, 황귀대다!"

"청귀대다!"

패천마궁에 속한 이들에게 사귀대는 그야말로 공포 그 자체.

전열이 무너지는 것은 순식간이었다.

"드, 들었소? 청귀대와 황귀대라는 말을?"

미천고가 깜짝 놀란 얼굴로 물었다.

추소기가 미친 듯이 날뛰며 적들을 주살하는 지원군에게 시선을 고정시킨 채 고개를 끄덕였다.

"들었소. 황귀대와 청귀대. 하긴, 그 미친놈들이 아니면 이런 무력을 보여줄 수는 없겠지."

"군사가 보낸 지원군이 아닌 것 같소이다."

"……."

"궁주께서 오신 것 같소."

미천고가 격정에 찬 얼굴로 주먹을 불끈 쥐었다.

"그런 것 같기는 한데……."

추소기의 눈이 빠르게 전장을 살폈다. 하지만 그 어느 곳에도 풍월의 모습은 보이지 않았다.

반응은 빨랐다.

자신의 뒤에 누군가 있다는 것을 확인한 황하교는 번개처럼 몸을 돌리며 검을 휘둘렀다.

과거 적룡무가 최고의 쾌도라 불리었던 실력.

최단 거리를 점하며 뻗어 나가는 칼의 움직임은 가히 섬전 같았다.

하지만 황하교의 칼은 상대에게 닿지 못했다.

빛살처럼 날아가던 칼을 합장하듯 잡아낸 풍월이 차갑게 웃으며 말했다.

"제법 빠르네."

풍월과 시선을 마주친 황하교는 당혹감을 감추지 못했다.

상대의 오만한 말투나 행동 때문이 아니다.

갑작스레 출수를 하는 바람에 온전히 힘을 싣지는 못했다고 하더라도 자신의 칼은 이런 식으로 무력화될 정도로 약하지 않았다.

전신의 감각이 미친 듯이 위험신호를 보내왔다.

본능은 더 빨리 움직였다.

황하교는 공격이 막혔다는 것을 의식하자마자 칼을 비틀며 잡아 뺐다.

풍월의 손에 잡힌 칼은 미동도 하지 않았다.

황급히 내력을 불어넣었지만 요지부동이었다.

어느 순간, 날카로운 금속성과 함께 칼이 부러졌다.

갑작스레 힘의 균형이 무너지며 황하교의 몸이 비틀거렸다.

"멈춰랏!"

"형님!"

황하교의 위기를 목도한 적룡무가의 장로들이 다급히 달려왔다.

풍월은 손에 들린 칼날을 아무렇게나 집어 던졌다.

가공할 파공성과 함께 날아간 칼날이 달려오던 장로 황굉의 어깻죽지에 깊숙이 박혔다.

"크흑!"

황굉이 고통스러운 신음은 내뱉으며 비틀거렸다.

반응이 조금만 늦었어도 칼날은 어깻죽지가 아니라 미간에 박혔을 터.

이를 악물고 칼날을 빼낸 황굉의 눈엔 분노만큼이나 놀라움과 두려움이 깃들었다.

그사이 자세를 바로 한 황하교는 풍월을 뚫어져라 바라보았다.

이십대 초반의 나이에 믿기지 않을 정도로 강한 무공. 게다가 겹겹이 포위를 당하면서도 저렇듯 여유로운 태도를 보일 수 있는 사람은 오직 한 사람뿐이었다.

"네놈이 풍월. 패천마궁의 궁주로구나."

황하교가 이를 갈며 소리쳤다.

"영감은 누구지? 복장을 보아하니 적룡무가의 사람 같기는 한데. 아, 그때 영감들하고 닮기도 많이 닮았고."

풍월이 고개를 비스듬히 누이며 말했다.

그때의 영감이란 말에 황하교는 수라검문 문제에 엮여 풍월에게 목숨을 잃은 황찬과 황풍의 모습을 떠올렸다.

"닥쳐랏! 네놈이 감히……."

부들거리는 황하교를 외면한 풍월은 반쯤은 넋이 나간 풍천황에게 다가갔다.

"잔결방주십니까?"

"그, 그렇습니다. 한데 정말 구, 궁주님이 맞으시오?"

풍천황이 떨리는 음성으로 물었다.

"맞습니다."

풍월이 담담한 얼굴로 고개를 끄덕였다.

"자, 잔결방주 풍천황이 궁주님을 뵙습니다."

풍천황이 황급히 무릎을 꿇으려 했으나 어찌 된 일인지 몸이 움직이지 않았다.

풍천황이 놀란 눈으로 풍월을 바라보자 풍월이 웃으며 말했다.

"난 과례를 좋아하지 않습니다. 더구나 그런 몸으로 무릎까지 꿇으려 하다니요. 아무튼 고생하셨습니다. 잔결방의 희생 덕분에 패천마궁이 지금껏 무사할 수 있다고 들었습니다."

"아, 아닙니다. 당연히 해야 할 일이었지요. 저런 배덕한 놈들에게 패천마궁이 또다시 짓밟히는 것을 어찌 볼 수 있겠습니까."

풍천황의 당당한 모습에 풍월의 입에서 절로 탄성이 터져 나왔다.

"전대 궁주께서 어째서 그렇게 방주님을 칭찬하셨는지 알 것 같군요. 궁주께서 돌아가시기 전에 고맙고 미안했다고 전해 달라 하셨습니다."

"아!"

풍천황의 눈이 순식간에 붉게 충혈되었다.

풍월이 감격에 젖어 있는 풍천황을 따뜻한 눈으로 바라볼 때, 뒤늦게 따라붙은 밀은단이 전장에 뛰어들었다.

비록 숫자는 열두 명에 불과하지만 밀은단 개개인의 실력은 다른 쪽 전장에서 날뛰고 있는 황귀대와 청귀대, 아니, 천마대보다 훨씬 뛰어났다.

적룡무가의 전력을 감안했을 때 그들의 가세만으로 싸움을 끝낼 수는 없었으나 일방적으로 밀리던 전장을 크게 요동치게 만들기엔 충분했다.

밀은단의 활약을 잠시 지켜보던 풍월이 풍천황을 향해 손짓했다.

"잠시 물러나세요."

"이 늙은이도 돕겠습니다."

풍천황이 주변을 에워싸는 적들을 노려보며 검을 곧추 세웠다.

"괜찮으니 걱정 말고 물러나세요."

가볍게 웃으며 고개를 젓는 풍월의 모습에 풍천황은 당혹감을 감추지 못했다.

황하교를 필두로 네 명의 장로와 한눈에 봐도 만만치 않아 보이는 자들 수십이 풍월을 향해 포위망을 좁혀오는 상황이다.

당연히 풍월을 도와 싸워야 했다. 한데 이상하게 몸을 움직일 수가 없었다.

차갑게 식은 머리는 풍월을 도와 싸워야 한다고 경종을 울리고 있으나 뜨거운 가슴이 그걸 거부하고 있었다.

'믿어보겠소이다, 궁주.'

결국 풍천황은 풍월의 말을 따라 천천히 물러났다.

풍천황이 물러나는 모습에 적룡무가 장로들의 얼굴이 마구 일그러졌다.

"이거, 제대로 얕보였군."

"허! 천둥벌거숭이 같은 애송이가 한자리 얻었다고 아주 기고만장하구나!"

"어설픈 자만심에 네놈 목숨이 떨어질 것이다."

장로들의 입에서 거친 말들이 쏟아질 때 여전히 풍월을 살피고 있던 황하교의 입에서 나직한 경고가 흘러나왔다.

"정신들 차리게. 잊었나? 저자의 손에 얼마나 많은 고수들이 목숨을 잃었는지. 불과 얼마 전에도 본가와 풍천뇌가에서 고르고 골라 보낸 정예들이 몰살을 당했네. 자만심? 저자가 아니라 우리에게 해당되는 말일지도 모르지."

황하교의 일침에 다들 입을 다물었다.

다소간의 불만스러운 눈빛을 하는 자들도 있으나 그간 풍월의 활약을 떠올리며 대다수는 수긍을 했다.

"모두 목숨을 걸어야 할 것이네."

부러진 칼 대신 수하가 건네준 칼을 들고 있던 황하교가 신중히 자세를 잡았다. 그걸 신호로 네 명의 장로와 주변에 포진되어 있는 자들의 눈빛이 달라졌다.

그때, 풍월이 적들을 향해 가볍게 일 보를 내디뎠다.

천마군림보다.

쿠웅!

지축을 흔드는 묵직한 진동이 사방으로 퍼져 나갔다.

다시 한 걸음.

쿠웅!

풍월의 전신에서 뿜어진 기운이 전장을 휘감았다.

단 두 걸음에 그토록 맹렬하게 이어지던 싸움이 모조리 멈췄다.

황하교 등이 온몸을 옥죄는 기운에 대항하기 위해 이를 악물고 있을 때 풍월이 나직이 외쳤다.

"천마의 이름으로 명한다. 꿇어라!"

패천마궁의 궁주가 아니다.

마도의 조종이자 고금제일인 천마라는 이름 앞에 적룡무가의 장로들은 물론이고 전장에 모인 모든 이들의 몸이 그대로 굳었다.

거창하게 이름만 판 것이 아닌, 전장을 완전히 휘어 감은 압도적인 힘이 그의 말이 단순히 허언이 아님을 증명했다.

"놈의 헛소리에 현혹될 것 없다. 공격해랏!"

황하교가 내력을 실어 외쳤다.

"공격해랏!"

"와아아아!"

장로들은 물론이고 주변을 에워싸고 있던 자들의 입에서 일제히 함성이 터져 나왔다.

풍월은 자신을 향해 칼을 들이대는 적을 바라보며 차가운 미소를 지었다.

그렇잖아도 적룡무가와 쌓인 것이 많던 풍월이다. 무릎을 꿇으라는 것은 그가 적룡무가에 해줄 수 있는 최고이자 최후의 배려였다.

하지만 그것을 몰랐던 적룡무가는 최악의 선택을 하고 말았다.

"죽어랏!"

조금 전, 풍월이 던진 칼날에 큰 부상을 당했던 황굉이 적룡십이세의 절초 중 하나인 적룡번천을 펼치며 달려들었다. 그것을 시작으로 장로들의 손에서 적룡십이세의 절기들이 봇물 터지듯 쏟아졌다.

적룡마존 이후, 수백 년의 세월 동안 갈고 다듬어진 적룡십이세의 위력은 대단했다.

사방 십여 장이 도영(刀影)으로 완전히 뒤덮였다. 그것들 하나하나가 스치기만 해도 치명적인 상처를 입을 수 있는 위력을 지녔다.

스스로의 공세에 만족감을 느낀 장로들의 얼굴 가득 자부심이 드러났다.

자신들이 펼친 합공은 완벽했다. 풍월이 제아무리 뛰어난 무공을 지녔다 하더라도 변변한 반격도 해보지 못하고 쓰러질 것이라 확신했다.

풍월의 몸에서 강기의 회오리가 일었다.

고금제일의 호신강기라 할 수 있는 천마탄강.

팔성을 훌쩍 넘어선 지금, 천마탄강을 뚫고 풍월의 몸을 해할 수 있는 공격은 없다고 해도 과언이 아니었다.

꽈꽈꽈꽝!

적룡무가의 장로들이 펼쳐낸 공격이 천마탄강과 거칠게 충돌을 했다.

화산이 폭발하는 듯한 폭음이 전장을 뒤흔들고 뒤이어 고통스러운 신음과 비명이 터져 나왔다.

"크헉!"

"이 무슨 말도 안 되는……."

"대, 대체 뭐란 말인가!"

비틀거리며 물러나는 장로들의 눈은 불신과 경악으로 가득했다.

방금 전의 합공은 태산이라도 무너뜨리고 대해마저 갈라

버릴 정도로 위력적이었다.

한데 뚫지 못했다, 아니, 단순히 뚫지 못한 것이 아니라 들이친 반탄강기에 오히려 심각한 내상을 당하고 말았다.

가장 먼저 공격을 펼친 황굉은 전신을 후려친 반탄강기를 감당하지 못하고 피를 토한 채 쓰러졌고 나머지 사람들 역시 안색이 창백한 것이 상태가 좋아 보이지 않았다.

그에 반해 천천히 묵뢰를 드는 풍월은 조금의 타격도 받지 않은 모습이었다.

풍월이 묵뢰를 사선으로 움직였다.

묵뢰에서 발출된 묵빛 도강이 장로들에게 날아갔다.

천마무적도 칠초식 천마강이다.

가공할 속도로 짓쳐 드는 도강에 힘들게 내상을 다스리고 있던 장로들의 표정이 급변했다.

막을 엄두를 내지 못한 채 사방으로 흩어졌다.

"크아악!"

강기를 미처 피하지 못한 장로 황근의 입에서 처절한 비명이 터져 나왔다.

사지가 끊어져 나가고 허리가 절단되었다.

절단된 면에서 폭포수처럼 뿜어져 나온 피가 햇빛을 받아 반사되며 핏빛 무지개를 만들어냈다.

"승룡단! 전진!"

포위망을 구축하고 있던 승룡단주 황곤이 장로들의 위험을 보고 즉시 명을 내렸다.

육 개월 전, 엽무강을 제거하기 위해 은밀히 움직였다가 풍월에게 단주를 비롯해 차출된 인원이 목숨을 잃은 승룡단. 동료들을 잃고 복수할 날만을 기다리고 있던 승룡단원들이 일제히 공격을 시작했다.

풍월의 무심한 시선이 그들에게 향했다. 그러고는 천천히 묵뢰를 움직였다.

"처, 천룡단도. 천룡단도 부르게, 아니, 모조리 불러!"

황하교가 다급히 외쳤다. 곁에 있던 황일중의 눈이 커졌다.

"하지만 그리되면……."

"자네도 겪어보지 않았나? 우리나 승룡단의 힘으론 절대 감당하지 못하네. 우리가 지닌 모든 역량을 놈에게 쏟아부어야 하네."

"알겠습니다."

무거운 표정으로 고개를 끄덕인 황일중이 다급히 신호를 보내자 잠시 싸움을 멈추고 상황을 지켜보던 이들이 풍월을 향해 일제히 달려왔다.

"저, 저것들이 감히!"

단 한 번의 충돌이었지만 풍월이 얼마나 강한지 똑똑히 확인할 수 있었던 풍천황. 경이로운 눈으로 풍월을 지켜보던 그가 몰려드는 적을 보며 불같이 노했다.

"뭣들 하느냐? 당장 놈들을……."

"잠시만 기다려 주십시오, 방주님."

어느새 다가온 위지평이 풍천황을 말리고 나섰다.

"무슨 짓이냐? 네 눈에는 궁주님께 달려드는 저놈들이 보이지 않는다는 말이냐?"

풍천황이 노한 눈빛으로 소리쳤다.

"똑똑히 보입니다."

"한데 어째서 막는 것이냐?"

"불을 보고 달려드는 부나비에 불과할 뿐입니다."

"부나… 비라니?"

"밀은단과 황귀, 청귀대가 모조리 덤벼도 옷깃 하나 제대로 건드려 보지 못한 분입니다. 한데 저따위 놈들이요? 흥! 수백, 수천이 달려든다 해도 소용없습니다. 애당초 놈들은 궁주께서 자비를 베푸셨을 때 무릎을 꿇고 용서를 빌었어야 합니다. 오직 그 길만이 목숨을 부지할 수 있는 방법이었습니다."

위지평이 전장을 가리키며 말을 이었다.

"하지만 놈들은 그러지 않았고 결국 저런 꼴을 당하는 것이지요."

흠칫 놀란 얼굴로 고개를 돌리는 풍천황.

그의 눈에 단 일격에 수십 명의 몸뚱이가 갈가리 찢겨져 나가는 광경이 들어왔다.

"천… 외… 천!"

오직 그 말밖에는 할 수가 없었다.

제94장

동상이몽(同床異夢)

중국 최고의 색향이라 일컬어지는 남경의 진회하(秦淮河).

홍루(紅樓)가 몰려 있는 남도가에서 느닷없이 불길이 치솟았다.

순식간에 아수라장으로 변해 버린 남도가를 일단의 무리들이 장악했다.

"철저하게 뒤져라. 한 놈도 놓쳐서는 안 될 것이다. 반항하는 놈들은 모조리 베어버려."

풍월과 엮이는 바람에 개천회 총순찰에서 쫓겨났다가 한 달 전 다시금 총순찰에 임명된 마정이 목소리를 높였다.

마정의 명령에 남도가, 정확히는 하오문 총단을 급습한 은검단원들이 분주하게 움직였다.

곳곳에서 저항이 있으나 은검단의 압도적인 무력에 순식간에 진압이 되었다.

"흐흐흐! 버러지 같은 놈들! 죽여랏! 모조리 죽여!"

마정은 사방에서 들려오는 비명에 몹시 만족해하며 더욱더 소리를 높였다.

남도가 중심, 아직 불길이 도착하지 않은 홍루.

개방과 더불어 중원 최고의 정보 조직이라는 하오문의 총단에 모인 이들은 엄습하는 공포와 분노에 어쩔 줄을 몰라 하고 있었다.

지난 육 개월간, 하오문은 정체를 알 수 없는 자들로부터 동시다발적으로 공격을 받았다.

애당초 하오문이라는 것이 도둑, 소매치기, 도박꾼, 기녀, 마부, 점소이 등 가장 밑바닥 인생을 살고 있는 자들이 모여 만들어진 조직이기에 딱히 규모가 있는 지부를 두거나 하지는 않았다.

하지만 세월이 흐르고 조금씩 세력이 커지며 중원 곳곳에 나름의 구심점이 될 수 있는 지부가 생겨났다. 그래 봤자 여타 문파나 세력이 소유한 지부에 비하면 보잘 것 없었다. 조그만 기루나, 객점, 역참 등의 수준에 불과했기 때문이다.

한데 그런 곳들이 일제히 공격을 받았다.

적들은 딱히 어떤 정보를 원하지 않았다. 처음엔 압도적인 힘으로 굴복시켜 수하로 삼으려는 의도도 있는 것 같았지만 몇 번의 저항이 있자 이내 접었다.

하오문의 수뇌들은 적의 정체가 개천회라는 것과 그들의 목적이 하오문의 말살임을 금방 눈치채고 전 중원의 하오문도들에게 일체의 활동을 접을 것을 명했다.

그럼에도 개천회의 공격은 집요했고, 중요 거점과 그 거점을 책임지는 이들의 대다수가 목숨을 잃었다. 그리고 마침내 단 한 번도 노출되지 않고 철저하게 가려졌던 하오문의 총단까지 공격을 받기에 이른 것이다.

"완벽하게 포위가 되었습니다. 빠져나갈 구멍이……."

남도가에서 가장 유명한 홍루, 양귀비의 루주이자 하오문 장로 두심연이 두려움 가득한 얼굴로 말끝을 흐렸다.

평생을 홍루에서 굴러먹으며 매일 매일 자신의 운명을 원망했다. 나이 오십을 넘긴 지금 죽음 따위엔 이미 초연한 그녀였으나 자신의 눈앞에 있는 소녀의 안위가 위험해지자 두려움에 몸을 떨었다.

"남쪽으론 아직 길이 있습니다. 서두르시지요."

지금은 은퇴하여 후학(?)을 기르고 있는 남경 최고의 대도(大盜)이자 하오문의 장로 노경이 다급한 어조로 말을 이었다.

"놈들은 우리가 유인하도록 하겠습니다. 청심아."

노경의 부름에 문주의 호위단주 청심이 고개를 숙이며 대답했다.

"예, 장로님."

"문주님으로 위장할 아이들이 필요하다."

"이미 조치해 두었습니다."

청심의 말에 노경이 크게 고개를 끄덕였다.

"잘했다. 자, 어서 움직여야 합니다, 문주. 자칫하면 빠져나갈 방법 자체가 없습니다."

노경의 거듭되는 채근에 묵묵히 자리에 앉아 있던 소녀가 천천히 몸을 일으키며 물었다.

"화연 언니에게는 연락을 해봤나요?"

소녀, 주하예의 물음에 방에 모여 있던 모두의 얼굴에 씁쓸함과 아쉬움, 서운함이 동시다발적으로 떠올랐다.

초대 검황 이후 이백여 년, 사람들은 알지 못하지만 검황과 개천회는 음지에서 치열한 싸움을 벌여왔다. 그리고 그런 검황의 손과 발이 되어 은밀히 도왔던 곳이 바로 하오문이다.

하지만 하오문이 절체절명의 위기에 빠진 지금, 당대 검황이라 할 수 있는 화연은 하오문을 위해 아무것도 하지 못했다.

북해빙궁과의 싸움이 워낙 급박하게 돌아가서 쉽게 몸을 뺄 수 없음을 너무도 잘 알고 있지만 서운한 것은 어쩔 수 없었다.

"뒤늦게 이곳으로 달려오고 있다는 전갈을 받았습니다만……"

노경이 힘없이 고개를 흔들었다.

눈앞의 적은 촌각이면 들이칠 터인데 화연은 언제 도착할지 기약이 없었기 때문이다.

"이곳을 빠져나가면 어디로 가나요? 천뇌곡인가요?"

"예, 가장 가깝고 안전한 곳은 오직 그곳뿐입니다."

"안전한지는 알 수 없잖아요. 들어갈 수는 있어도 지금껏 나온 사람은 아무도 없었어요. 애당초 우리에게 허락된 장소도 아니고."

"하지만 지금 상황에서 기댈 곳은 그곳뿐입니다. 그리고 문주께서도 아시잖습니까? 다른 때라면 모를까 지금은 나오실 수 있습니다."

주하예는 노경의 눈빛에서 뭔가를 깨달을 수 있었다.

얼마 전, 혹시 모를 총단의 공격에 대비하기 위해 하오문의 유물들을 정리하던 중 발견된 고서와 그 안에 남겨진 서찰의 내용을 떠올렸다.

"그를 부를 생각이군요."

"예, 남겨진 기록이 확실하다면 오직 그만이 천뇌곡을 에워싸고 있는 진법을 파훼할 수 있습니다."

"운… 이 좋다고 해야 하나요?"

주하예가 씁쓸히 물었다.

"운명이라고 생각합니다. 지금껏 발견하지 못했던 선조님들의 비밀 전언이 지금에서야 발견된 것을 보면요."

노경의 말에 묵묵히 고개를 끄덕인 주하예가 혹시나 하는 얼굴로 물었다.

"한데 그가 우리의 말을 믿어줄까요?"

"믿어… 주기를 바라야지요."

조금은 자신이 없는 목소리였다.

                    *   *   *

"끝났구나."

백골문주 염위가 가슴을 부여잡고 쓰러지는 것을 지켜보던 만독방의 장로 여공이 흡족한 미소를 지으며 말했다.

"예, 잔당이 조금 남긴 했지만 큰 문제는 없을 것 같아요."

여운교가 전장을 둘러보며 말했다.

"하지만 생각보다는 피해가 크구나."

"저들도 느꼈을 거예요. 오늘이 마지막 싸움이라는 것을, 패천마궁이 무너지는 날이라는 것을요. 그래서 더욱 필사적으로 싸웠겠지요."

"뭐, 나름 실력도 뛰어났고. 풍천황에 비할 바는 아니지만."

풍천황이란 이름을 떠올리자 갑자기 기분이 나빠진 여공이 누런 가래침을 탁 뱉었다.

"빌어먹을 늙은이! 빌어먹을 병신들!"

"누구… 아, 잔결방 말씀이군요."

"그놈들 아니면 누구겠느냐? 생각만으로도 지긋지긋하구 나."

여공이 몸서리를 치자 여운교의 입가에도 쓴웃음이 지어졌 다.

"확실히 대단하긴 했어요. 독에 중독되고도 그렇게 지독하 게 덤비는 자들은 처음 봤으니까요. 그 바람에 애꿎은 피해도 많이 봤고요. 그리고 보면 전장을 바꾼 것은 다행스러운 일이 에요. 오늘은 그 어떤 때보다 지독하게 덤볐을 테니까요."

"네 말이 맞다. 흥! 그놈들이 얼마나 끈질기고 지독한지 다 른 놈들도 경험해 봐야 우리가 왜 그리 학을 떼는지 이해를 하지."

지난밤, 전장을 바꾸겠다는 말에 온갖 핀잔을 늘어놓던 자 들을 떠올리며 코웃음을 쳤다.

결사 항전을 하는 백골문의 반응을 봤을 때 잔결방과 상대 하는 자들은 고생깨나 할 터였다.

"하지만 논공행상을 생각하면 조금 걱정이 되어요."

"뭐가?"

"적룡무가 잔결방을 공격할 것 같아요."

"적룡무가? 잔결방은 북명천가 놈들이 맡기로 했잖느냐?"

여공이 고개를 갸웃거리며 되물었다.

"조금 전에 적룡무가가 그쪽으로 이동하고 있다는 전갈을 받았어요."

"음. 그건 확실히 문제가 되겠군."

여공의 미간이 절로 찌푸려졌다. 다른 곳은 몰라도 적룡무가는 확실히 부담스러운 상대였다.

"제길! 뒤늦게 끼어든 놈들이 공은 가장 많이 차지하겠다고 설쳐대겠구나. 이럴 줄 알았으면 우리가 끝까지 잔결방을 상대할 것을 그랬다."

여공이 아쉬움을 드러냈지만 여운교는 생각이 다른 듯했다.

"글쎄요. 설사 우리가 잔결방을 무너뜨렸다고 해도 적룡무가가 우리의 공을 크게 생각해 줄 것 같지는 않은데요."

"하긴, 네 말이 맞다. 수라검문이 그 꼴이 되고 풍천뇌가가 놈들의 눈치를 보기 시작하면서 안하무인이 된 놈들이니까. 그러다 언제고 큰코다치지. 수라검문 놈들처럼."

화를 참지 못한 여공이 악담을 퍼붓고 있을 때, 주변 전장을 살피러 갔던 척후가 다급히 달려왔다.

척후의 보고를 듣는 여공과 여운교의 표정이 딱딱히 굳었다.

"지금 뭐라고 했지? 누가 왔다고?"

여운교는 자취를 감췄던 황귀대와 청귀대가 전장에 모습을 드러냈다는 말에 무척이나 예민하게 반응했다. 이는 곧 풍월 또한 전장에 나타났다는 것을 의미하기 때문이었다.

꽈꽈꽈꽝!

눈부신 묵광이 사방 이십여 장을 휘감는가 싶더니 천지가 개벽하는 폭음이 터져 나왔다.

천마무적도 칠초식 천마강과 연이어 펼쳐진 천마뢰가 적룡무가의 무인들을 사정없이 휩쓸어 버렸다.

비명도 신음도 없었다.

묵빛 강기가 작렬한 곳에 남겨진 것은 형체를 알아보기 힘들 정도로 망가진 시신들과 그들이 흘린 피뿐이었다.

"으으으으."

황하교의 얼굴이 처참하게 일그러졌다.

눈 깜짝할 사이에 절반이 넘는 인원이 목숨을 잃었다. 그들 모두가 사랑하는 피붙이요, 제자들. 자신의 잘못된 판단으로 인해 그들 모두가 허무하게 목숨을 잃었다는 것에 가슴이 미어졌다.

"괴물 같은 놈!"

"반드시 찢어 죽이리라!"

눈이 돌아간 장로 둘이 미처 말릴 사이도 없이 풍월을 향해 달려들었다.

하지만 미처 접근도 하기 전에 풍월이 날린 묵뢰에 의해 가슴이 꿰뚫려 절명하고 말았다.

두 장로의 숨통을 끊고 돌아온 묵뢰를 어깨에 턱 걸친 풍월이 황하교를 향해 걸어갔다.

몇몇이 황하교를 보호하기 위해 앞을 가로막았지만 그들에겐 굳이 묵뢰를 쓸 것도 없었다. 천마탄강의 힘만으로도 압살시키기에 충분했다.

황하교 앞에 선 풍월은 아무런 말도 하지 않았다. 그저 그 짧은 사이에 마치 십 년은 더 늙어버린 듯한 몰골을 하고 있는 황하교를 무심히 바라볼 뿐이었다.

황하교는 지금 풍월이 자신에게 선택을 강요하고 있음을 직감했다.

무릎을 꿇고 항복을 하든가, 아니면 죽든가.

황하교가 식은땀을 흘리며 주변을 둘러보았다.

자신의 잘못된 판단으로 목숨을 잃은 이들의 주검과 어쩌면 잠시 후, 그들과 같은 모습으로 변할 제자들이 겁에 질린 모습으로 바라보고 있었다.

한참 동안 갈등하던 황하교가 칼을 움켜쥔 손에 힘을 주었다.

어떠한 상황에서도 항복은 있을 수 없는 일이다.

전대 궁주를 배반하고 패천마궁을 공격한 순간, 적룡무가와 패천마궁은 이미 같은 하늘을 두고 살 수 없기 때문이었다. 설사 항복을 하여 목숨을 건진다고 해도 기다리는 것은 죽음보다 더한 치욕뿐이었다.

황하교의 결심을 확인한 풍월의 눈에 진한 살기가 감돌았다.

설마하니 두 번째 준 기회마저도 걷어찰 줄은 생각하지 못했기에 분노는 배가되었다.

궁극의 뇌운보가 펼쳐졌다.

황하교가 미처 반응도 하기 전에 완맥을 낚아챈 풍월이 발을 들어 정강이를 찍었다.

우지끈!

뼈가 부러지는 소리와 함께 황하교의 몸이 그대로 고꾸라졌다.

나머지 다리마저 부러뜨린 풍월이 몸을 돌려 적룡무가 무인들을 향해 걸어가며 말했다.

"똑똑히 봐둬. 당신이 어떤 선택을 한 것인지."

　　　　*　　　　　　*　　　　　　*

　저녁 무렵, 패천마궁 회의실에 수뇌들이 모두 모였다.

　반나절 동안 이어진 치열한 싸움으로 인해 엄청난 피해를 당했지만 마련의 파상공세를 막아냈기 때문인지 분위기는 생각보다 나쁘지 않았다.

　수뇌들은 회의실 중앙의 가장 상석에 앉은 풍월을 연신 힐끔거리며 바라보았다. 그들의 시선이 조금은 부담이 되었지만 풍월은 별다른 내색을 하지 않고 때마침 문을 열고 들어선 순후를 향해 입을 열었다.

　"염 문주님은 좀 어떠십니까?"

　"위험한 고비는 넘기셨습니다. 다만 몸에 침입한 독이 워낙 지독한 것이라 애를 먹는 것 같습니다."

　"역시 독이 문제군요."

　풍월은 일전에 철산도문의 제자들이 만독방의 독에 고생했던 것을 떠올리며 한숨을 내쉬었다. 그 바람에 청평산 분지에 보름이나 늦게 합류하기도 했다.

　"참으로 눈치가 빠른 쥐새끼들입니다. 그렇게 맹렬히 공격을 하다가 궁주께서 오신 것을 어찌 눈치를 챘는지."

　백골문을 도와 만독방과 누구보다 치열한 싸움을 벌였던

광형이 이를 갈며 소리쳤다.

풍월과 직접 마주친 적룡무가는 박살이 났다. 정예 백오십이 모조리 몰살을 당하고 목숨을 부지해 돌아간 사람은 고작세 명에 불과했다. 그나마도 폐인이 된 황하교를 데리고 가야했기에 목숨을 건진 것이지 그렇지 않았다면 말 그대로 몰살을 당했을 터였다.

적룡무가가 도착하기 전에 잔결방과 싸움을 한 북명천가의제자들 역시 전멸을 면치 못했다.

풍월이 등장하고 적룡무가의 패배가 확실시 되자 일제히도주를 했으나 그것을 두고 볼 잔결방이 아니었다. 금방이라도 쓰러질 것 같은 몸을 하고서도 도주하는 잔당들을 끝까지추격하여 모조리 숨통을 끊어버렸으니, 뒤늦게 이 사실을 안아군들마저 혀를 내두를 정도였다.

청귀대와 황귀대, 이제는 천마대라 불리는 이들이 활약한전장에서도 큰 승리를 거뒀다.

광풍가를 거칠게 압박한 귀살문과 흑사문의 제자 중 살아돌아간 이는 결코 많지 않았다. 그들과 오전 내내 치열한 싸움을 벌인 광풍가가 잔결방만큼 지독하게 쫓지 않았기에 그나마 목숨을 건진 것이었다.

철산도문의 제자들이 힘을 보탠 서북쪽 전장의 싸움에서도상당한 전과를 올렸고, 천도림은 그들 스스로 마련의 공격을 격퇴했다.

이렇듯 패천마궁을 공격했던 대다수의 적들이 전멸을 하거나 크게 피해를 입고 도망쳤으나 오직 만독방만이 별다른 피해 없이 무사히 도주를 한 것이다.

"저들의 전장이 본궁과 가장 멀리 떨어져 있기에 그런 것이겠지. 하지만 아쉬워하지 말게나. 빚을 갚아줄 날이 곧 올 테니. 그렇지 않습니까, 궁주님?"

장로 전홍이 의미심장한 미소를 지으며 물었다.

"그래야지요. 그리될 것입니다."

풍월이 가벼운 웃음과 함께 고개를 끄덕였다.

담담한 음성에 묘한 힘이 있었다.

풍월의 대답에 귀를 쫑긋거리고 있던 수뇌들의 얼굴이 환해졌다.

"솔직히 조금 의구심이 있었는데 오늘에서야 어째서 전대 궁주께서 궁주님을 후계자로 지목하셨는지 똑똑히 알게 되었습니다."

추소기의 말에 곳곳에서 웃음이 흘러나왔다.

"하지만 조금 아쉽습니다. 궁주께서 조금만 더 빨리 도착하셨다면 지금보다 훨씬 더 피해를 줄일 수 있었을 텐데요."

순간, 회의실에 긴장감이 맴돌았다.

추소기로선 워낙 많은 제자들이 목숨을 잃었기에 안타까

움을 표현한 것일 수 있으나 자칫하며 풍월을 질책하는 것으로 오해할 수도 있기 때문이었다. 이를 증명이라도 하듯 풍월의 뒤에 시립해 있는 위지평의 표정이 딱딱하게 굳었다.

순후만이 흥미로운 표정으로 풍월의 반응을 기다렸다.

"그 점에선 내가 할 말이 없군요. 서두른다고 서두르기는 했는데 많이 늦었습니다. 사과를 드리지요."

풍월이 살짝 고개를 숙였다. 그러자 오히려 당황한 것은 추소기였다.

"아, 아닙니다, 궁주님. 그냥 아쉬운 마음에 한 부질없는 넋두리였습니다. 궁주님께 사과를 받자고 드린 말씀이 아닙니다."

벌떡 일어난 추소기가 황급히 머리를 조아렸다.

"늦은 것은 늦은 것이지요. 게다가 패천마궁 전력의 핵심이라 할 수 있는 이들까지 데리고 없어졌으니 걱정도 많으셨겠지요. 군사를 통해 여러분들이 얼마나 힘들게 본궁을 지켰는지 모두 들었습니다. 이 자리를 빌려 고맙다는 인사를 하고 싶군요."

풍월이 모두에게 고개를 숙이자 자리에 앉아 있던 수뇌들이 일제히 일어나 허리를 숙였다.

전대 궁주로부터는 단 한 번도 경험해 보지 못한 파격에 그들 모두의 얼굴엔 당황함과 더불어 뿌듯함이 가득했다.

이 광경을 흐뭇한 얼굴로 지켜보던 순후가 웃음 가득한 얼굴로 말했다.

"자리를 옮기시지요. 승리를 자축하는 의미로 간단하게나마 술상을 준비했습니다."

술상이란 말에 환호성이 터졌다. 풍월 또한 마다하지 않았다.

술의 힘 덕분인지 분위기는 회의실에 모였을 때와는 비교가 되지 않을 정도로 화기애애했다. 아니, 저마다 자신의 무용담을 떠들어대는 통에 시장 통을 방불케 했다.

"한데 궁주님!"

술자리가 한 시진 가까이 이어지고 저마다 취기가 올라왔을 때 광형이 벌떡 일어났다.

"말씀하세요."

"아까 복수를 하신다고 하셨습니다."

복수라는 말에 그토록 시끄러웠던 술자리가 찬물을 끼얹은 듯 조용해졌다.

"그랬지요."

풍월이 술잔을 입에 가져다 대며 고개를 끄덕였다.

"구체적으로 언제, 어떤 식으로 복수를 하실 것인지 알 수 있겠습니까?"

약간은 따지는 듯한 음성에 바로 옆에서 술을 마시고 있던 전홍이 그의 바지춤을 잡아당겼다.

"자네, 취했어. 그만하게."

광형이 전홍의 손을 탁 치며 말했다.

"안 취했습니다. 이 정도 술에 취할 제가 아니외다."

하지만 이내 중심을 잡지 못하고 비틀거리는 것을 보며 다들 혀를 찼다. 동시에 풍월의 심기를 거스르는 것은 아닌가 걱정하는 표정을 지었다.

"그렇잖아도 생각하고 있었습니다. 우선 여러분들께 묻고 싶은 것이 있군요."

풍월이 수뇌들, 특히 각 세력의 수장들을 둘러보며 말을 이었다.

"며칠 정도면 전열을 수습할 수 있을 것 같습니까?"

잔결방주 풍천황이 술잔을 탁 내려놓으며 말했다.

"잔결방은 내일 당장에라도 움직일 수 있습니다."

"광풍가도 마찬가지입니다."

추소기도 지지 않고 소리쳤다.

추소기에 이어 저마다 한 소리를 내뱉었다. 그들 모두가 명만 떨어지면 당장 움직일 수 있다고 자신했다.

너털웃음을 터뜨린 풍월이 순후에게 고개를 돌렸다.

"적어도 열흘은 족히 걸릴 겁니다."

순후의 말에 곳곳에서 반발이 있었지만, 풍월의 손짓 한 번에 바로 사그라들었다.

"열흘 후, 시작하겠습니다. 그때까지 확실하게 준비를 마치
도록 하세요."

궁주의 명이 떨어졌다.

벌떡 일어난 수뇌들이 풍월을 향해 일제히 허리를 꺾었다.

"존명!"

*   *   *

"으아아아아!"

분노를 참지 못한 황익이 괴성을 지르며 탁자 위에 놓인 물
건을 모조리 쓸어버렸다. 그것으로도 화가 풀리지 않는지 탁
자를 박살 내고 손에 잡힌 것을 닥치는 대로 집어 던졌다.

집무실은 이내 난장판이 되어버렸다.

일각 여를 그렇게 난리를 치던 황익이 땀에 젖은 얼굴로 거
친 숨을 몰아쉬었다. 그러고는 그때까지 미동도 하지 않고 서
있던 황숙을 돌아보며 물었다.

"숙부님은 좀 어떠냐?"

"목숨은 건지셨습니다만……."

황숙은 차마 말을 잇지 못했다.

일찍 부친을 여의고 숙부 황하교에게 많이 의지했던 황익

의 눈에서 섬뜩한 살기가 뿜어져 나왔다.

"살아만 계시면 된다. 그거면 돼."

황익은 피가 나도록 입술을 깨물며 치미는 화를 애써 참았다.

"다들 모인 거냐?"

"예."

"가자."

집무실을 나선 두 사람은 곧바로 회의실로 향했다.

회의실의 분위기는 침통 그 자체였다.

자리에 앉은 황익의 눈에 주인을 잃은 빈자리가 들어왔다. 단 하루 만에 무려 여섯 개가 늘었다. 지금껏 풍월 한 사람에 의해 발생한 빈자리를 헤아려 보니 열 자리가 훌쩍 넘었다.

간신히 화를 억누른 황익이 최대한 담담히 입을 열었다.

"낮에 벌어진 참사에 대해선 모두 들었을 것이오."

"당장 복수를 해야 합니다. 노부가 가겠습니다."

황염이 목소리를 높였다.

"앉으세요, 당숙."

"하지만……."

"당숙의 마음을 모르지 않습니다. 저 또한 당장 놈의 숨통을 끊어버리고 싶습니다. 하지만 그것이 현실적으로 불가능하다는 것은 저나 당숙이나 잘 알지 않습니까? 지금은 감정이 아니라 그 어느 때보다 냉정함을 유지해야 할 때입니다. 그렇지 않으면……."

황익이 말끝을 흐렸지만 그가 무슨 말을 하고 싶어 하는지 모르는 사람은 아무도 없었다.

풍월의 가세로 욱일승천할 패천마궁도 문제지만, 마련 내에서도 권좌를 위협할 세력이 등장할 것이다.

슬며시 나선 황숙이 황익의 말을 이었다.

"비록 패천마궁을 무너뜨리지 못했지만 당분간은 회복하기 힘든 치명상을 안겼습니다. 놈들이 본격적으로 마수를 드러내는 것은 조금 시간이 걸릴 터. 지금 시급한 문제는 내부의 문제를 어찌 단속하느냐입니다."

"우선적으로 만독방에 대한 책임을 물어야 할 것이다."

황염이 목소리를 높였다.

"만독방요?"

황숙이 어이없다는 얼굴로 물었지만 황염은 그런 황숙의 표정을 미처 읽지 못했다.

"그래, 모두가 죽을힘을 다해 싸우는 과정에서 놈들만 꽁무니를 뺐다. 이는 반드시 추궁해야 한다. 그렇지 않으면 앞으로 비슷한 상황에서 누구나 눈치를 보며 피해를 줄일 생각만 할 것이다."

"당숙의 말씀도 맞습니다만, 단순히 퇴각을 했다는 것을 가지고 책임을 묻기는 힘들 것 같습니다."

"어째서?"

"본가가 본격적으로 참여를 하기 전, 가장 거세게 패천마궁을 공격한 곳이 바로 만독방입니다. 그만큼 피해도 당했고요. 이번 싸움에서도 그렇습니다. 백골문을 거의 괴멸시키며 그들은 충분히 자기 몫을 해냈습니다."

"하지만 결국은 꽁무니를 뺐지. 풍월이란 놈의 등장에."

"사라졌던 황귀대와 청귀대의 등장에 풍월까지 모습을 드러냈습니다. 그로 인해 패천마궁을 공략하던 주요 세력들이 박살이 났고요. 적들의 검이 어디로 향할지 뻔한 상황에서 퇴각을 하는 것은 당연한 조치였습니다. 오히려 책임을 물어야 한다면 싸움에 참여하지 않은 자들입니다. 가령 풍천뇌가 같은 곳 말이지요."

풍천뇌가라는 말에 분위기가 확 바뀌었다.

수라검문이 무너지고 적룡무가의 힘이 대두되면서 과거의 지위를 조금씩 잃어가고는 있으나 누가 뭐라 해도 마련에서 두 번째로 막강한 힘을 지닌 곳이다. 더구나 이번의 패배로 인해 두 세력 간 힘의 차이는 이미 역전이 된 상태였다.

"흠, 맞는 말이긴 한데 책임을 묻기가 쉬울까? 오히려 만독방보다 더 어려울 것 같은데."

황익의 반응은 다소 회의적이었다.

"여론을 만들면 됩니다. 풍천뇌가와 다른 문파들이 힘을 보 탰다면 패천마궁을 충분히 공략할 수 있었다는 여론을요. 따 지고 보면 그동안 풍천뇌가가 한 것이 별로 없습니다. 패천마 궁은 물론이고 정무련이나 정의맹과의 싸움에서도 소극적이 었습니다."

"일리가 있는 것 같구나. 더구나 이번에 피해를 당한 이들 과 한목소리를 낸다면, 풍천뇌가도 책임론에서 쉽게 벗어나긴 힘들 것이다."

장로 황은뢰가 황숙의 말에 힘을 실었다.

"하면 어찌 책임을 지게 할 생각이냐?"

황염이 여전히 마뜩지 않은 얼굴로 물었다.

"정무련, 정확히는 남궁세가를 공격토록 만들 생각입니다."

"남궁세가를?"

"예, 한동안 움직임이 없었는데 근래 들어 활동이 왕성해지 고 있습니다. 물론 가장 좋은 것은 패천마궁을 견제토록 하는 것이지만……"

"흥! 절대로 받아들이지 않겠지."

"그렇습니다."

"하지만 남궁세가 정도로 놈들의 힘을 깎아내릴 수가 있을 까? 과거의 남궁세가가 아니다."

"아니요. 충돌만 한다면 틀림없이 큰 피해를 당할 것입니다."

황숙의 확언에 다들 의아한 표정을 지었다.

"남궁세가에서 검존의 무공을 제대로 익힌 놈들이 나왔습니다. 정보에 의하면 정무련의 련주였던 무적검성의 실력을 한참 뛰어넘었다고 합니다."

"검… 존이라면 우내오존?"

황염이 눈을 휘둥그레 뜨며 물었다.

"그렇습니다."

"허! 남궁세가는 남궁세가군. 한데 놈들이라면 하나가 아니란 말이더냐?"

"예, 현 가주의 조카인 쌍둥이 남매와 또 다른 조카 한 명. 이렇게 세 명이 검존의 무공을 익혀낸 것으로 파악되었습니다."

황숙의 말에 다들 놀라움을 감추지 못했다.

검존과 같은 고수를 하나도 아니고 무려 셋이나 배출해 낸 남궁세가의 저력에 경외심까지 품을 정도였다.

"좋아, 그 정도라면 풍천뇌가도 크게 타격을 받겠지. 문제는 어떻게 남궁세가를 공격하도록 만드냐는 것이구나."

"앞서 말씀드린 대로 여론을 모으면 됩니다. 저들 또한 권좌에 욕심을 내는 상황이니 결코 외면하지는 못할 것입니다."

황숙의 주장에 동조하는 분위기가 만들어졌을 때 잠시 침묵하고 있던 황익이 물었다.

"하면 패천마궁에 대한 공격도 풍천뇌가와 남궁세가의 싸움 이후가 되는 것이겠지?"

"예, 현 상황에서 풍천뇌가의 힘을 약화시키지 못하면 틀림없이 주도권을 빼앗기게 됩니다. 주도권을 가지고 패천마궁과 싸우느냐, 그렇지 않느냐는 큰 차이지요. 반드시 본가가 주도하는 상황에서 패천마궁을 공격해야 합니다. 그렇지 않으면……."

"권좌를 빼앗기겠지."

"예."

"나쁘지 않은 생각 같다. 기왕이면 만독방까지 끼워서 추진해 봐."

황익은 풍천뇌가는 물론이고 만독방의 힘까지 깎아내릴 요량이었다.

하지만 그들은 미처 몰랐다.

치명상을 입었다고 판단한 패천마궁, 아니, 정확히는 풍월이 조용히 칼을 갈고 있다는 것을. 그 칼날이 자신들의 목을 노리며 날아들 시간이 채 열흘도 남지 않았음을 상상조차 하지 못하고 있었다.

*   *   *

"…해서 남궁세가를 공격하라 요청하더군."

다급히 열린 마련의 회합에 참여하고 돌아온 대장로 뇌운의 말에 풍천뇌가 수뇌들의 입에서 분노의 외침이 터져 나왔다.

"더러운 놈들!"

"노골적으로 본가를 죽이려 하는구나!"

"제놈들 잘못으로 개망신을 당하고 어째서 우리보고 책임을 지라는 것인가!"

"흥! 수라검문의 뒤통수를 치려고 했을 때부터 알아보았지. 음험한 놈들 같으니."

별다른 표정 변화 없이 가만히 듣고 있던 가주 뇌명이 소란이 가라앉자 조용히 입을 열었다.

"이건 부탁이 아니라 명령처럼 들리는군요."

"비슷하긴 한데 어쨌든 형식상으로는 여러 문파들이 중지를 모은 것이라 딱히 트집을 잡기는 애매하네."

"거절할 수는 없겠지요?"

"물론 선택은 본가에서 하는 것이겠지만 당시 회의의 분위기가……."

뇌운이 씁쓸한 웃음과 함께 고개를 저었다.

"대체 회의의 분위기가 어땠다는 말씀입니까?"

장로 뇌승의 물음에 뇌운이 좌중을 둘러보며 입을 열었다.

"다들 알다시피 패천마궁에 대한 공략은 실패했네. 단순히 실패한 정도가 아니라 처참하게 박살이 났지. 특히 패천마궁을 완전히 무너뜨리면서 마련을 손아귀에 넣으려던 적룡무가는 치명타를 당하고 말았지."

뇌운의 말이 끝나기도 전에 곳곳에서 비웃음이 터져 나왔다.

"어찌나 시원하던지요!"

"그렇게 나대다가 언제고 제대로 당할 줄 알았습니다."

"십 년 묵은 체증이 쑥 내려가는 소식이었습니다."

혀를 찬 뇌운이 손을 들어 소란을 잠재우고 말을 이었다.

"솔직히 나쁘지 않은 소식이었지. 적룡무가 단독으로 피해를 당한 것이라면 노부 또한 자네들처럼 웃을 수 있을 것이네. 하나, 피해를 당한 곳이 적룡무가뿐만이 아니라는 데 문제가 있네. 그들이 적룡무가의 의견에 힘을 실어주고 있어."

"보상 심리 같은 것이군요."

뇌명이 침음을 흘렸다.

"그렇다고 봐야겠지. 그들의 심리를 적룡무가에서 이용하는 것일세. 다들 느끼고 있겠지만 이번 공격에서 실로 막대한 피해를 당한 적룡무가와 본가의 전력은 역전이 되었네. 적룡무가 입장에선 결코 참을 수 없는 것이지."

"해서 남궁세가를 공격하도록 만들어 본가의 힘을 소모시키게 하려는 수작이고요."

"맞네. 그리고 다수의 세력이 적룡무가의 의견에 동조를 하고 있고. 사실 그들 입장에서야 우리가 패권을 잡든 적룡무가가 패권을 잡든 크게 상관은 없을 것이야. 그럼에도 적룡무가의 편을 드는 것은……."

"보상 심리."

"그렇지. 자기들이 피를 흘릴 때 우리는 흘리지 않았다는 것을 고깝게 보는 것이네."

뇌운이 말을 마치자 다시금 온갖 욕설과 분노의 외침이 회의장을 휩쓸었다. 오직 가주만이 냉정함을 유지하고 있었다.

"어찌해야 한다고 생각하십니까, 숙부님?"

뇌명이 뇌운에게 물었다. 잠시 생각에 잠겼던 뇌운이 깊게 가라앉은 눈빛으로 뇌명을 바라보았다.

"본가의, 가주의 야망에 따라 결정되겠지."

"……."

"가주는 마련의 패권에 욕심이 있는 것인가?"

뇌운의 질문에 회의장이 쥐 죽은 듯 조용해졌다.

"글쎄요."

"모호해선 안 되네. 지금까지는 상관이 없었지만 이제는 확실하게 결정할 때가 되었어."

뇌운의 채근에 무심한 표정으로 팔걸이를 톡톡 치던 뇌명의 입가에 잔잔한 미소가 지어졌다.

"욕심이 없다면 거짓이겠지요. 그랬다면 여기까지 오지도 않았을 테니까요."

"그렇다면 답은 정해졌네. 저들의 요구대로 남궁세가를 쳐야겠지."

"굳이 쳐야 되는 겁니까? 이대로 힘을 키우는 것도 나쁘지는 않을 것 같은데요."

뇌승이 미간을 찡그리며 물었다.

"그건 아니지. 마련의 패권을 잡기 위해선 두 가지 방법이 있네. 하나는 여러 세력의 지지를 등에 업는 것. 다른 하나는 압도적인 힘으로 모든 세력을 찍어 눌러 버리는 것. 하지만 본가는 물론이고 현재 마련에서 그런 압도적인 힘을 지닌 곳은 없네. 결국은 여러 세력의 지지를 등에 업어야 한다는 말인데, 그렇다면 저들이 원하는 대로 남궁세가를 쳐서 우리의 힘을 보여주고 나름의 명분을 쌓는 방법밖에는 없네."

"하지만 현재 입수된 정보가 맞다면 남궁세가의 전력은 결코 만만치 않습니다. 자칫 본가 또한 엄청난 피해를 당할 수 있습니다."

풍천뇌가의 정보를 관장하고 있는 전안당(電眼堂) 당주 뇌동이 우려를 표명했다.

"맞습니다. 검존의 무공을 익힌 놈들이 날뛰기 시작한 이상 본가를 버리고 꽁무니를 뺀 놈들로 생각하면 안 됩니다. 적룡무가 놈들도 그걸 알고 이따위 계략을 꾸미는 겁니다."

뇌승이 다시금 목소리를 높였다.

"적룡무가가 삼태상의 우두머리로 굳어진 건 자체적으로 힘을 키우고 수라검문의 몰락도 있지만, 지금껏 단 한 번도 침탈을 허용치 않았던 남궁세가의 본가를 무너뜨린 공로가 결정적이었다고 보네. 마찬가지로 본가가 적룡무가를 넘어서 마련의 패권을 차지하려면 그만한 결과를 내야 하지. 그렇지 않고 그저 힘만 키우려 한다면 마련의 패권은 결코 차지할 수는 없을 것이네. 오히려 다른 세력의 외면을 당하겠지."

"젠장! 외통수란 말이네. 적룡무가, 이 쥐새끼 같은 놈들이 아주 작심하고 수작을 부렸습니다."

뇌승이 화를 참지 못하고 탁자를 후려쳤다.

"그래, 외통수. 현 상황에서 참으로 적절한 말이야. 하지만 타개할 방법이 아주 없는 것은 아니니 외통수라 부르기도 뭣하군."

뇌명의 눈에서 기광이 흘렀다.

"방법이 있는 것입니까?"

"남궁세가에 대한 공격은 피하기 힘드네. 다만 굳이 본가가 모든 부담을 떠안을 필요는 없을 것 같기에 하는 말이네."

"혹시……."

뇌명의 기대에 찬 눈빛에 뇌운이 미소를 지었다.

"맞네. 압박을 받은 것은 본가뿐만이 아닐세."

＊　　　　＊　　　　＊

"…해서 함께 공격을 하자는 제안을 해왔다. 어찌 생각하느냐?"

만독방 방주 여하근이 수뇌들을 향해 물었다.

"좋은 기회이기는 하나 적룡무가와 풍천뇌가의 힘 싸움에 굳이 끼어들 필요가 있는지 모르겠습니다."

장로 소염이 다소 회의적인 음성으로 말했다.

"하지만 우리를 바라보는 이들의 표정이 과히 좋지 않았네. 마냥 거부하기엔 좀 그래."

마련의 회의에 참여하고 돌아온 장로 여공의 말에 소염이 코웃음을 치며 말했다.

"제놈들이 멍청해서 당한 것을 가지고 왜 그런답니까? 사형처럼 재빠르게 치고 빠지면 아무런 문제도 없는 것을."

소염의 말에 이곳저곳에서 웃음이 터져 나왔다.

공격에 참여한 대다수의 문파가 상당한 피해를 당했으며, 특히 적룡무가나 북명천가는 치명타를 당하는 등 패천마궁과의 싸움에서 참패를 당한 근래 마련의 분위기는 몹시 좋지 않았다.

하지만 풍월의 등장을 누구보다 먼저 알아차린 덕분에 공은 공대로 세우고 큰 피해 없이 무사히 철수를 할 수 있었던 만독방의 분위기는 전혀 달랐다.

"고깝다는 것이겠지. 제놈들은 피를 흘렸는데 우리만 멀쩡하니. 그래도 그동안 열심히 싸운 공이 있어서 적당한 선에서 멈췄지 아예 싸움에 참여하지 않은 풍천뇌가에 대해선 욕만 안 했지 온갖 말들이 쏟아졌다네. 노골적으로 적대시하는 것이 보이더군."

"허! 그 정도였습니까?"

소염이 놀라 반문했다.

"생각한 것 이상으로 심각했네. 남궁세가를 공격하라는 적룡무가의 요청이 어떤 의미인지 뻔히 알면서도 무조건 받아들일 수밖에 없을 정도로."

"결국 우리에게 이런 제안을 한 것은 피해를 분산시키겠다는 의도겠군."

여하근의 말에 여공이 크게 고개를 끄덕였다.

"그렇다고 봐야 합니다."

"흠, 어찌한다."

여하근이 고민에 쌓인 얼굴로 입을 다물자 수뇌들 사이에서 온갖 설왕설래가 오갔다. 대다수가 이참에 제대로 된 입지를 다지기 위해서라도 남궁세가를 쳐야 한다는 의견이었지만 굳이 싸울 필요가 있느냐는 의견도 상당했다.

좀처럼 결론이 나지 않을 때 여하근의 시선이 부친의 곁에 조용히 앉아 있는 여운교에게 향했다.

화접단(花蝶團)의 단주로서 회의에는 참석했지만 나이도 어리고 배분도 낮은지라 그녀는 지금껏 단 한마디도 하지 못한 채 입을 다물고 있었다.

"이쯤에서 우리 손녀의 의견은 어떤지 들어볼까?"

여하근이 부드러운 음성으로 말했다. 누구보다 엄격한 여하근. 공식적인 자리에선 이렇듯 편히 대하는 사람은 그녀가 유일했다.

여하근의 말에 모두의 시선이 여운교에게 향했다.

"풍천뇌가의 제안을 받아들여야 한다고 생각해요."

"호오. 어째서?"

조금은 머뭇거릴 줄 알았던 그녀가 기다렸다는 듯 대답하자 여하근이 놀란 눈으로 물었다.

"적룡무가가 풍천뇌가에게 진짜 원하는 것은 남궁세가의 몰락이 아니라 그들이 패천마궁에서 당한 피해만큼이나 많은 피해를 당하는 것이지요."

"그렇지."

여하근을 비롯한 대다수의 수뇌들이 고개를 끄덕였다.

"그 이후는요? 풍천뇌가가 당한 다음엔 저들의 화살은 우리에게 향할 거예요. 예전에야 신경도 쓰지 않았지만 지금은 입장이 달라졌으니까요."

"아마도 그렇겠지."

여하근이 쓴웃음을 지으며 고개를 끄덕였다.

"어차피 견제를 받을 것이라면 차라리 풍천뇌가와 연합하여 대항하는 것이 낫다고 봅니다. 풍천뇌가와 본방이 힘을 합치며 적룡무가라도 결코 함부로 할 수 없으니까요. 또한 최소한의 피해로 남궁세가를 공략할 수도 있고요."

"네 말이 옳다. 이 할애비도 그렇게 생각하고 있으니."

여하근이 흐뭇한 얼굴로 여운교를 바라보았다. 하지만 여운교의 말은 아직 끝나지 않았다.

"제가 풍천뇌가의 제안을 받아들이자 말씀드린 가장 큰 이유는 따로 있습니다."

"따로 있다니? 그게 무슨 말이냐?"

여하근을 비롯해 모두의 시선이 쏟아지자 여운교가 심호흡을 하며 입을 열었다.

"패천마궁의 움직임을 예의 주시할 필요가 있습니다."

"패천마궁?"

여하군이 이해할 수 없다는 얼굴로 되물었다.

여운교가 대답하기도 전에 소염이 껄껄 웃으며 말했다.

"크하하하! 패천마궁이라면 신경 쓸 것도 없다. 어찌 버텨내긴 했다만 풍월이란 놈이 황귀대와 청귀대를 데리고 나타나지 않았으면 모조리 몰살을 당했을 놈들 아니더냐. 피해도 엄청나고. 앞으로 회복하려면 몇 년은 족히 걸릴 게다."

"사제의 말이 맞다. 몇 년까지는 모르겠지만 패천마궁이 당장 움직이는 데는 분명 무리가 있다. 물론 경계는 해야겠지만 큰 변수는 되지 않을 것이라 본다."

여공이 여운교의 머리를 가만히 쓰다듬으며 말했다. 노회한 수뇌들 사이에서 제 목소리를 내는 여운교를 무척이나 기특해하는 얼굴이다.

여운교는 전혀 생각이 달랐다.

"아니요. 그렇게 간단하게 생각할 문제는 아닌 것 같아요."

정색을 한 여운교가 수뇌들을 돌아보며 말을 이었다.

"소녀가 그를 처음 만난 것은 화평연의 비무대회를 준비할 때였어요. 도움도 받았고요."

수뇌들은 도움이란 말에 그녀가 얻은, 만독방 전력에 큰 도움을 안겨준 천수나찰의 암기술을 떠올렸다.

"비록 짧은 인연이었으나 풍월, 그가 어떤 성격을 지녔는지 조금은 파악할 수 있었지요. 이후에도 그의 행보를 차분히 지켜봤어요. 부나 명예에 집착하지도 않고, 딱히 어떤 성향을 드러내지도 않았지요. 하지만 한 가지는 확실해요. 그가 무척이나 대담한 성격이라는 것이지요."

여운교의 말에 곳곳에서 고개를 끄덕였다.

"하긴, 북해빙궁을 치기 위해 장성을 넘은 것만 봐도 알 수 있지."

"다들 미친 짓이라 생각했지만 결과적으로 보면 회심의 한 수였으니까."

"실력이 있으니 그만큼 대담할 수도 있는 것이겠고."

손을 들어 주위를 환기시킨 여하근이 조금은 굳은 얼굴로 물었다.

"그러니까 네 말인즉슨 패천마궁, 아니, 풍월이란 놈이 이대로 있지는 않을 것이다?"

"예, 그럴 가능성이 높아요."

"얼마나?"

여하근의 물음에 잠시 뜸을 들인 여운교가 전에 없이 단호한 어조로 말했다.

"구 할 이상이요."

＊　　　　＊　　　　＊

"허허! 결국 그리되었군."

패천마궁을 공격했던 마련의 무인들이 풍월의 등장으로 박살이 났다는 사실을 전해 들은 사마용이 허탈하게 웃었다.

"풍월의 존재를 간과한 것이 그들의 실수였습니다."

사마조의 말에 위지허의 입에서 실소가 터져 나왔다.

"그럴 만도 하지. 궁주가 되자마자 사라진 것이 벌써 육 개월이다. 마련에서도 설마하니 놈이 나타날 줄은 생각도 못 했을 것이다."

"제가 알기로 마련에서 놈의 흔적을 찾기 위해 꽤나 노력했던 것으로 압니다."

"결국 찾지 못했지."

"예, 게다가 그동안 꾸준히 패천마궁을 공격했음에도 전혀 움직임이 없었습니다. 아마도 그래서 확신을 했던 것 같습니다."

"이번에도 움직이지 않을 것이다?"

사마용이 물었다.

"그렇습니다."

"어리석은 놈들! 그때야 버틸 만하다 판단했으니 움직이지 않은 것이고, 적룡무가까지 대대적으로 나선 이번 공격은 감당하지 못할 것이라 여겼으니 나타난 것이겠지. 그 단순한 이치를 어째서 몰라!"

풍월이 패천마궁을 장악해 세력을 키우는 것을 무척이나

경계하고 있는 사마용은 마련의 어리석은 판단에 극도로 분노했다.

"그나마 다행인 것은 그간 마련의 공격으로 인해 패천마궁의 전력이 극도로 약해졌다는 것입니다. 풍월이 궁주의 자리를 차지했던 시점과 비교해 봤을 때 거의 칠할 가까운 힘이 사라졌다는 분석입니다."

"그건 다행이구나. 하지만 천마대라고 했더냐, 그 청귀대와 황귀대 놈들을 합쳐서 만들었다는 조직이?"

"예, 천마대입니다."

"그래, 사실상 놈들이 주력이라 할 수 있을 터. 네 보고에 의하면 그놈들의 전력이 상상 이상이라 했다."

"예, 아마도 풍월과 함께 사라졌던 기간 동안 꽤나 강도 높은 훈련을 받은 것 같습니다. 놈들의 싸움을 멀리서 지켜본 여명대원의 보고에 의하면 귀살문과 흑사문의 제자들이 압살을 당했다고 합니다. 물론 천마대 놈들과 비교했을 때 그자들의 실력이 부족한 것은 사실이나 그 차이가 무척이나 컸다는 보고입니다."

"흠, 흑귀대와 적귀대와 비교해선 어떠냐?"

위지허가 물었다.

패천마궁에서 전략적으로 키워낸 사귀대는 서로 간 우열을 가릴 수 없다고 알려져 있지만 그래도 흑귀대와 적귀대가 황귀대나 청귀대에 비해서 조금은 더 뛰어나다는 평가였다.

지난날, 패천마궁 전력의 중추적인 역할을 함에도 결정적인 순간에 배신을 함으로써 패천마궁의 몰락에 혁혁한 공을 세운 흑귀대와 적귀대는 현재 마련이 아니라 개천회가 수족으로 부리는 중이었는데 개천회의 집중적인 관리로 인해 그들의 실력 또한 과거에 비할 바가 아니었다.

"정확한 비교가 어려울 것 같습니다. 최소한 동급으로 판단해야 할 것 같습니다만 실전 경험은 오히려 그들이 낮다는 생각입니다."

위지허도 동의한다는 듯 고개를 끄덕였다.

"아무래도 그렇겠지. 윗 세대의 인물들이니까. 흠, 결국 실력이 동급이라 가정했을 때 밀릴 수도 있다는 말이구나."

"하지만 인원이 거의 두 배에 이릅니다. 경험적인 열세는 전혀 문제가 되지 않습니다."

사마조의 자신만만한 말투에 사마용이 핀잔하듯 타박했다.

"문제는 그놈이지. 그놈을 해결하지 않고는 답이 없어."

"죄송합니다."

사마조가 고개를 숙이자 사마용의 입에서 한숨이 흘러나왔다.

"됐다. 네가 무슨 잘못이겠느냐. 그놈이 너무 잘난 것이 문제지. 아무튼 그래서, 그 꼴을 당하고서도 헛지랄을 하고 있다는 것이 사실이냐?"

사마용이 마련 내부에서 시작된 권력 다툼을 언급하자 사마조의 얼굴이 절로 일그러졌다.

"예, 패배하기 이전보다 훨씬 더 심화되었습니다. 강력한 힘으로 다른 세력들을 누르던 적룡무가 상당한 피해를 당하면서 풍천뇌가나 만독방 등이 부상을 하고 있습니다."

"호랑이가 상처를 입으니 늑대들이 날뛰는 꼴이로구나."

위지허가 가소롭다는 얼굴로 고개를 저었다.

"적룡무가에서도 필사적으로 견제를 하고 있는 것 같습니다. 이번에 풍천뇌가가 남궁세가를 공격하기 위해 움직이는 것도 적룡무가의 견제 때문인 것으로 파악되었습니다."

"만독방도 함께 움직이는 것으로 알고 있다. 풍천뇌가야 아예 싸움에 참가를 하지 않았으니 그렇다고 해도 만독방까지 몰아세우기는 쉽지 않았을 텐데 이상하구나."

"마련의 패권을 노린다면 이해하기 쉬울 것 같습니다."

"마련의 패권?"

"예, 삼태상이었던 적룡무가가 남궁세가를 무너뜨린 후, 치고 나간 것처럼 만독방 역시 남궁세가를 공격하면서 명분도 얻고 힘을 과시하려는 것 같습니다. 물론 패천마궁을 치면 보다 확실하겠지만 풍월이란 괴물이 존재하는 한 어림도 없으니 차선으로 남궁세가를 노리는 것 같습니다. 아마 풍천뇌가와도 교감이 있을 것입니다. 본격적으로 두 세력이 손을 잡고 적룡무가를 견제하기 시작한 것으로 보시면 맞을 겁니다."

"쯧쯧, 대적을 코앞에 두고 내부 다툼이라니 정말 한심한 놈들이 아닌가."

"그래도 일단 지원을 해줘야 할 것 같습니다."

"지원?"

"어떤 놈을?"

미간을 잔뜩 찌푸린 사마용과 위지허가 동시에 물었다.

"근래 들어 남궁세가의 기세가 만만치 않습니다. 그들을 중심으로 급격히 세가 모이고 있습니다. 남궁세가는 정의맹을 위해서라도 반드시 꺾여야 합니다."

사마조의 눈에서 차가운 빛이 뿜어져 나왔다.

"하면 풍천뇌가를 지원하자는 말이로구나. 어찌 지원을 할 생각이냐?"

사마용이 물었다.

"적귀대와 흑귀대를 보내려고 합니다."

"흠, 나쁘지 않구나. 우리의 수족이긴 하나 아직은 마련의 소속으로 알려져 있으니 부담도 없고 그간 훈련만 하느라 칼이 좀 무뎌졌을 터. 실전을 통해 제대로 감각도 끌어 올리고 말이다."

위지허가 사마조의 의견에 적극적으로 동조하자 사마용도

순순히 허락을 했다.

"남궁세가도 남궁세가지만 풍천뇌가나 만독방은 마련의 핵심이다. 앞으로 그놈이 이끌 패천마궁을 상대해야 하니 피해가 커서는 안 되겠지. 네 뜻대로 하여라."

"알겠습니다."

"후! 버러지 같은 놈들! 대체 언제까지 뒤치다꺼리를 해줘야 하는지."

사마용의 분노 섞인 탄식이 방 안을 가득 채웠다.

                    *   *   *

"정지!"

앞서서 무리를 이끌던 풍월이 가볍게 손짓하며 말하자 뒤를 따르던 이들의 움직임이 일시에 멈췄다.

"저곳이 맞습니까?"

풍월이 길잡이 역할을 하는 은혼에게 물었다.

"예, 궁주님. 능선을 돌아가 계곡 안쪽으로 들어가면 귀살문의 본거지가 나옵니다."

풍월이 은혼이 가리키는 산을 보며 혀를 찼다.

"꽤나 깊은 곳에 처박혀 있군요."

"나라에 죄를 짓고 도망친 놈들이나 산적들이 모여 시작된 것으로 압니다. 근본이 그러다 보니 아무래도······."

"흠, 그런 놈들치고는 제법 힘을 키웠네요."

가볍게 고개를 끄덕인 풍월이 형응을 향해 고개를 돌렸다.

"딱 봐도 경계가 심할 것 같은데."

"척후부터 제거해야 할 것 같네요."

"부탁한다."

"네."

고개를 끄덕인 형응이 특급살수 석첨과 함께 조용히 사라졌다.

풍월이 천평산을 떠난 후, 형응을 대신해 매혼루를 이끌고 있던 강와 역시 수하들을 이끌고 귀환을 했지만 석첨만은 형응을 보좌하기 위해 그의 곁에 남았다.

형응과 석첨이 떠나자 풍월이 주변을 둘러보았다.

그를 따르던 천마대와 패천마궁의 무인들은 휴식을 취하기 위해 사방으로 흩어진 상태였다.

백칠십여 명이 넘는 인원이 휴식을 취하고 있었지만 별다른 소음은 들려오지 않았다.

'제법이군.'

풍월은 거의 완벽할 정도로 은신을 하고 있는 수하들을 보며 만족한 미소를 지었다.

패천마궁에 귀환 후, 정확히 십 일.

풍월은 패천마궁의 수뇌들에게 약속한 대로 마련을 향해 칼을 빼 들었다.

패천마궁에 속한 많은 세력들이 저마다 복수를 천명하며 참전을 하겠다고 주장했지만 풍월은 그들 모두를 받아들이지 않았다. 엄격하게 인원을 제안하여 선별했다.

수장들과 장로급 인사들은 거의 제외를 했다.

계속된 싸움으로 인해 각 문파의 어른들의 수가 급격히 감소한 지금, 미래를 위해서라도 그들은 가문을, 문파를 지켜야 했다.

장로급으로 싸움에 참여할 자격을 얻은 이들은 광형과 추소기를 비롯해서 고작 서너 명에 불과했다.

그렇게 모인 인원이 정확히 백 명. 천마대와 밀은단원을 포함에 대략 백칠십 명의 원정단이 꾸려졌다.

"만독방이 철수한 것이 아쉽습니다."

한 세력의 수장으로선 유일하게 원정단에 참가하게 된 광풍가주 추소기가 아쉽다는 얼굴로 말했다.

"어쩔 수 없겠지요. 그 또한 저들의 운인 것을요."

풍월이 웃으며 말했다.

풍월이 천평산에 은둔하고 있는 사이 패천마궁을 가장 괴롭힌 곳이 바로 만독방이다.

그들의 독공에, 암기술에 피해를 당하지 않은 문파들이 없었다. 광풍가 또한 상당한 피해를 당한 터. 원정에 참여하게 된 추소기는 먼저 간 제자들의 복수를 할 수 있게 되었다며 무척이나 흥분을 했다.

한데 공격을 며칠 앞둔 어느 날, 패천마궁 인근에 진을 치고 있던 만독방의 본대가 갑작스럽게 철수를 했다.

만독방이 물러나자 혹여라도 자신들이 목표가 될까 봐 두려워한 세력들 또한 서둘러 철수를 했고, 그 바람에 목표가 된 것이 바로 귀살문이었다.

"선봉은 저희가 맡아도 되겠습니까?"

추소기가 조심스레 물었다.

바로 곁에선 천마대주 물선의 미간이 꿈틀대는 것을 보면서 웃음을 머금은 풍월이 고개를 저었다.

"다음에요. 척후를 제거한다고 해도 워낙 길이 험하고 입구 또한 협소합니다. 자칫 무리해서 뚫다간 제대로 된 싸움도 해보지 못하고 피해를 당할 수가 있습니다. 저들을 이런 곳에서 허무하게 목숨을 잃게 할 수는 없지요."

"하면……."

추소기의 안색이 급격하게 흐려졌다.

"이곳은 천마대에게 맡기도록 하죠. 너무 아쉬워하지 마십시오. 앞으로 활약할 기회는 얼마든지 있을 테니."

"예, 알겠습니다."

추소기는 서전을 장식하지 못한다는 것에 아쉬움이 남기는
했지만 깨끗하게 미련을 접었다.

"물선."

"예, 궁주님."

"선봉은 천마대. 척후가 제거되는 대로 바로 진입한다."

"존명!"

물선이 한쪽 무릎을 꺾으며 힘차게 대답했다.

형웅과 석첨이 돌아온 것은 정확히 일각이 지난 후였다.

"어때?"

"경계가 제법 삼엄하던데요. 곳곳에 함정도 있었고."

"제거는 했고?"

"모두 제거하면 놈들이 눈치를 챌까 봐 적당히 필요한 놈들
만 제거를 했습니다. 하지만……."

"금방 들통날 거란 말이지?"

"예."

"그전에 끝내면 되지. 물선."

풍월이 차갑게 눈빛을 빛내고 있던 천마대주를 불렀다.

"예, 궁주님."

"시작해라."

"존명!"

조심히 뒷걸음질을 친 물선의 신호로 숲에서 휴식을 취하

고 있던 천마대원들이 일제히 모습을 드러냈다.

풍월을 향해 예를 차린 천마대가 석첨의 안내를 받으며 질주하기 시작했다.

풍월이 몸을 들썩이고 있던 추소기를 향해 말했다.

"쥐구멍이 많을 겁니다. 가주께선 도주로를 차단하고 도주하는 잔당들을 모조리 제거하세요."

"존명!"

풍월은 명을 받고 물러나 추소기가 수하들을 부리는 모습을 보며 천천히 이동을 했다.

풍월의 좌우로 형웅과 유연청, 황천룡이 따라붙었다.

"나는? 나는 뭘 하지?"

황천룡이 행여나 자신의 임무가 없을까 걱정하는 표정으로 물었다.

"천마대가 강하긴 해도 귀살문의 수뇌들이 나서면 그래도 피해가 발생할 겁니다. 형웅하고 아저씨는……."

"맡겨두라고. 모조리 도륙을 내줄 테니까."

황천룡이 어느새 뽑아 든 검을 휘두르며 소리쳤다.

유연청이 그런 황천룡의 옆구리를 치며 말했다.

"말 조심요. 또 잊었어요?"

"아!"

그제야 뒤따르고 있는 밀은단의 눈치를 보는 황천룡.

그들의 관계야 어찌 되었든 현재 풍월은 패천마궁의 궁주라는 어마무시한 신분을 지녔다. 이 점을 의식한 유연청이 천평산에서부터 주의를 주었지만 잘 고쳐지지가 않았다.

"미, 미안하오, 궁주! 버릇이 되어서……."

황천룡이 밀은단주 위지평을 곁눈질로 살피며 사과를 했다.

"하하! 편하게 대해도 됩니다. 대신 실력 발휘는 제대로 해야 합니다."

풍월의 말에 황천룡의 안색이 활짝 펴졌다.

"크하하하! 맡겨만 주라고!"

광소를 터뜨린 황천룡이 앞서 달려 나갔다.

"하아!"

유연청은 마치 대붕처럼 몸을 날리는 황천룡을 보며 고개를 절레절레 흔들었다.

제95장

폭풍(暴風)처럼

와장창!

집기가 부서지는 소리와 함께 취기 가득한 음성이 터져 나왔다.

"술! 술을 더 가져와!"

문이 벌컥 열리고 귀살문의 지낭 고진이 한숨을 내쉬며 걸어 나왔다.

그가 문밖에서 대기하고 있던 시녀들에게 술을 내오라는 말을 전할 때 나뭇가지처럼 빼빼 마른 사내가 조용히 다가왔다.

"또 술에 취해 계시는 건가?"

"아! 오셨습니까?"

고진이 얼른 허리를 숙였다.

귀살문주 조능의 동생이자 집법당주 조예가 미간을 찌푸리며 다시 물었다.

"언제부터야?"

"지난밤부터……."

"밤? 미치겠군. 지금이 어떤 때인데."

조예가 잔뜩 화난 얼굴로 문으로 향하자 고진이 얼른 그의 팔을 잡았다.

"아드님을 잃으신 지 이제 겨우 열흘이 지났습니다. 당주님께서 이해를 좀 해주시지요."

"겨우가 아니라 벌써 열흘이야. 아들을 잃은 슬픔이야 이해를 하지. 하지만 그럴수록 마음을 다잡고 복수의 칼을 갈아야 하는 거 아닌가? 대체 언제까지 술만 마시고 있을 건데!"

조예의 외침은 고진이 아니라 조능에게 향하는 충고이자 간절한 부탁이었다.

"패천마궁의 어린 궁주 놈이 두려워 모두가 도망쳤어. 남궁세가를 치느니 어쩌니 하며 변명을 하긴 했지만 결국은 꽁무니를 뺀 거지. 하지만 우리는 그럴 수가 없잖아. 여긴 우리의 터전이고……."

조예가 점점 목소리를 높이고 있을 때 창백한 얼굴로 달려오는 사내가 있었다. 그가 외당 당주임을 알아본 고진이 얼른 물었다.

"무슨 일인가?"

"외부 경계를 하던 녀석 중 하나가 목숨을 잃은 채로 발견되었습니다."

고진의 표정이 순간적으로 굳었다.

"언제?"

"방금 전, 경계 근무를 끝내고 복귀를 하던 인원이 발견했다고 합니다."

"적인가?"

조예가 물었다.

"아직 확인된 것은 없습니다. 조사를 위해 부당주가 수하들을 이끌고 나갔으니 무슨 일인지 곧 알 수 있을 것입니다."

"경계를 하던 놈이 당했다면 뻔하지. 당장 비상을 걸어!"

조예의 외침에 고진이 고개를 끄덕이며 말했다.

"당장 비상종을 울리고 적의 공격에 대비하게."

"알겠습니다."

외당 당주가 명을 받고 물러가려는 순간 요란한 종소리가 사방에서 울리기 시작했다.

땡! 땡! 땡! 땡!

종소리를 들은 세 사람의 안색이 무섭게 일그러졌다.

이렇듯 요란하게 종이 울리는 경우는 오직 하나의 상황뿐이었다.

"젠장! 벌써 시작한 모양이군!"

조예가 칼을 빼 들며 말했다.

"우선은 내가 막고 있을 테니까 자넨 형님을 챙겨."

조예는 고진의 대답도 듣지 않고 몸을 날렸다. 외당 당주가 황급히 따라붙었다.

"아무래도 느낌이 좋지 않아. 최악의 경우를 가정해야겠어."

서둘러 방으로 들어가는 고진의 머리는 이미 외곽으로 빠져나갈 수 있는 아홉 개의 비밀 통로 중 가장 안전한 곳을 가늠하기 시작했다.

"타하핫!"

힘찬 기합성과 함께 황천룡이 휘두른 검에서 가공할 검기가 뿜어져 나갔다.

검기가 귀살문의 정문을 그대로 직격했다.

꽈꽈꽈꽝!

요란한 폭음과 함께 이 장 높이의 정문이 그대로 박살이 났다.

"크흐흐흐."

황천룡의 입에서 광소가 터져 나왔다. 그가 자신이 만들어 낸 성과에 만족하고 있을 때 물선을 필두로 천마대가 그를 스쳐 안쪽으로 내달렸다.

정문에 도착하기 전, 천마대는 경계병의 죽음을 확인하기 위해 나섰던 외당 부당주가 이끄는 수하 열 명을 간단히 제거했다.

하지만 패천마궁의 궁주를 모시고 본격적인 정벌을 시작한 지금, 고작 그 정도에 만족할 천마대가 아니다. 이미 피를 봤기 때문인지 그들의 전신에선 숨 막히는 살기가 뿜어져 나왔다.

천마군림! 만마앙복!

천마대의 외침이 귀살문을 뒤흔들었다.

"천… 마? 빌어먹을! 역시 패천마궁이었나."

수하들을 이끌고 달려오던 조예는 천마대의 외침을 듣고 이를 꽉 깨물었다.

전장에 도착한 조예의 눈에 가장 먼저 띈 것은 마치 귀살문의 미래를 예견하듯 산산조각이 난 정문이었다. 그리고 바로 앞, 천마대의 무자비한 공격을 감당하지 못한 귀살문의 제자들이 허무하게 목숨을 잃고 있었다.

비상 타종을 듣고 정문까지 달려온 시간은 그야말로 촌각에 불과했다. 한데 그 짧은 시간 동안 벌써 서른 명이 넘는 인원이 쓰러진 것이다.

그들 모두가 얼마나 잔인하게 당했는지 온전한 시신을 찾아볼 수가 없었다.

처참하게 뭉개진 수하들의 시신을 보며 조예는 핏발 선 눈으로 손에 쥔 칼을 꽉 움켜잡았다.

어느새 그의 주변으로 칠십 명이 넘는 귀살문의 제자들이 모여들었다.

"죽여라!"

물선이 차갑게 외쳤다.

명이 떨어지자마자 살기로 번들거리는 눈빛을 빛내고 있던 천마대원들이 경쟁하듯 맹렬히 달려들었다.

"무슨 헛소리냐? 피하라니!"

조능이 불같이 화를 내며 물었다.

내력을 운용하여 취기를 몰아내기는 했지만 아직까지 안색이 붉었다.

"황귀대와 청귀대, 아니, 천마대 놈들이 쳐들어왔습니다. 최선을 다하고는 있으나 얼마 버티지 못합니다."

고진이 다급히 소리쳤다.

천마대라는 말에 조능의 몸이 움찔했다.

패천마궁에 속했던 이들에게 사귀대는 공포 그 자체다. 이름이 바뀌었다고 뇌리 속에 깊이 박힌 공포가 어디 가는 것은 아니었다.

하지만 그는 귀살문의 문주였다.

"수하들을 버리고 갈 수는 없다."

단호하게 고개를 저은 조능이 정문을 향해 걸음을 옮겼다. 한데 세 걸음을 떼기도 전 그의 앞을 막는 사람이 있었다. 정문을 부순 후, 곧바로 안쪽으로 이동한 황천룡이다.

"네가 귀살문의 문주냐?"

황천룡이 조능을 향해 검을 겨누며 물었다.

조능의 칼이 곧바로 황천룡의 목을 노리며 짓쳐 들었다.

조능의 기습적인 공격에 놀란 황천룡이 황급히 물러나며 검을 움직였다.

조능의 칼과 황천룡의 검이 격렬하게 부딪쳤다.

풍월의 집중적인 육성(?)으로 과거에 비할 수 없을 정도로 실력이 는 황천룡.

자신감이 하늘까지 닿아 있던 그는 자신의 공격을 그다지 어렵지 않게 막아내는 조능의 실력에 깜짝 놀라며 신중히 검을 움직였다.

고진도 곧바로 싸움에 끼어들었다.

조능은 그런 고진의 행동을 마뜩지 않아 했으나 자신의 앞을 가로막는 황천룡의 실력이 만만치 않은 데다가 지금은 체면을 따질 상황이 아닌지라 별말 없이 합공을 시작했다.

귀살문의 지낭이라 불리기는 하나 고진은 단순히 머리만 좋은 인물이 아니다. 귀살문의 수뇌들 중 능히 다섯 손가락 안에 꼽힐 정도로 뛰어난 실력도 지니고 있었다. 그런 고진의 가세는 황천룡에겐 그야말로 재앙이나 다름없었다.

자신만만하게 조능의 앞을 막아섰던 황천룡은 순식간에 수세에 몰리고 말았다.

우우우웅.

맹렬한 기세로 밀려드는 도기를 보며 황천룡의 표정이 썩은 감자처럼 변해 버렸다. 이미 몇 번의 충돌로 몸 상태가 말이 아니었다.

검을 든 손은 형편없이 찢어졌고 몸 곳곳에 입은 상처에선 계속해서 피가 흘러내렸다. 목구멍으로 치솟는 울혈은 억지로 삼키고 있었다.

"제기랄!"

황천룡은 쓸데없는 자신감으로 인해 명을 재촉하게 된 자신의 어리석은 행동을 자책하며 검을 꽉 움켜잡았다.

'이대로 당하진 않는다.'

입술을 질끈 깨물고는 전력을 다해 내력을 운기하며 검을 휘둘렀다.

황천룡의 강력한 반발에 그를 향해 쏟아지던 공격이 잠시 주춤했다. 특히 조능보다는 상대적으로 약했던 고진을 노린 것이 주요했다.

고진의 몸이 잠시 흔들리는 것을 놓치지 않은 황천룡이 혼신의 힘을 다해 검을 휘둘렀다. 고진만 쓰러뜨릴 수 있다면 조능과의 승부도 해볼 수 있다고 판단했다.

황천룡의 검이 고진의 옆구리를 베며 지나갔다.

검의 궤적을 따라 피가 솟구쳐 올랐다.

'성공이다!'

황천룡은 검을 타고 전해지는 묵직한 느낌에 회심의 미소를 지었다.

하지만 고진은 쓰러지지 않았다.

금방이라도 내장이 쏟아질 것처럼 쩍 벌어진 상처를 부여잡고 칼을 휘둘렀다.

회심의 일격은 결국 실패했다. 기회를 놓친 대가는 컸다.

"컥!"

황천룡의 입에서 외마디 비명이 터져 나왔다.

조능의 칼이 그의 어깨를 훑고 지나간 것이다. 동시에 고진의 칼도 가슴 어귀에 상처를 남겼다. 깊게 베이진 않았으나 황천룡의 반응이 조금만 늦었다면 심장이 갈라졌을 터였다.

조능의 칼이 다시금 날아들었다.

간신히 공격을 막아낸 황천룡이 충격을 감당하지 못하고 비틀거렸다. 그런 황천룡을 향해 고진의 칼이 섬뜩한 살기를 뿌리며 짓쳐 들었다.

'빌어먹을! 그냥 도망쳤어야 했어.'

조금이라도 힘이 남았을 때 도망을 치지 않은 것을 후회했다. 하나, 후회는 아무리 빨라도 항상 늦는 법이다.

죽음을 직감한 황천룡은 자신도 모르게 두 눈을 질끈 감고 말았다.

뜨거운 액체가 얼굴을 적셨다.

황천룡은 그것이 자신의 피라고 생각했다. 한데 뭔가 이상했다. 고통이 느껴지지 않았다.

어깨에 묵직한 느낌이 전해졌다.

슬며시 눈을 뜬 황천룡의 눈에 어깨에 걸쳐진 고진의 얼굴이 들어왔다.

승리에 찬 표정이 자신에게 무슨 일이 벌어진 것인지 전혀 의식하지 못한 채 숨이 끊어진 모습이다.

화들짝 놀란 황천룡이 고진을 밀쳐냈다.

황천룡은 몸에서 떨어져 나간, 상체와 하체가 분리된 고진의 모습을 보며 눈만 끔뻑거렸다.

"쯧쯧, 제대로 실력 발휘를 한다면서요. 실력 발휘를 한 것 치고는 어째 꼴이……."

혀 차는 음성에 정신이 번쩍 든 황천룡이 고개를 홱 돌렸다.

그의 눈앞에 풍월과 유연청이 서 있었다. 조금 떨어진 곳에서 차마 보지 못하겠다는 듯 고개를 돌리고 있는 위지평과 밀은단도 보였다.

"왜 혼자 설치고 그래요. 큰일 날 뻔했잖아요."

유연청이 잔뜩 화난 얼굴로 소리쳤다.

가족들을 잃고 녹림에서 쫓겨난 그녀에게 황천룡은 어쩌면 유일하게 남은 가족이라 할 수 있었다.

하마터면 그런 황천룡을 잃을 수 있었다는 생각 때문인지 눈에는 눈물까지 고였다.

"죄, 죄송합니다, 아가씨."

황천룡이 민망함을 감추지 못하고 고개를 떨궜다.

그때, 처참하게 목숨을 잃은 고진의 모습에 흥분한 조능이 미친 듯이 달려들었다.

우우우우웅.

웅장한 도명과 함께 도에서 뻗어 나온 기운이 풍월을 향해 쏟아졌다.

광풍천살도(狂風天殺刀).

패천마궁에서도 나름 손꼽히는 도법으로 명성을 날리던 도법이다.

그 위력이 얼마나 대단한지 후미에 있던 위지평과 밀은단이 반응할 정도였다. 하지만 그들은 이내 자신들의 실책을 깨닫고는 조용히 침묵했다.

풍월이 가볍게 손을 뻗자 등에 매달려 있던 묵뢰가 둥실 떠올라 그의 손에 안착했다.

풍월이 묵뢰를 부드럽게 휘돌렸다. 그를 향해 밀려드는 무시무시한 공격을 감안했을 때 어쩌면 자살행위와도 같은 가벼운 동작이다.

하나, 그것만으로 충분했다. 그토록 맹렬히 풍월을 향했던 기세가 순식간에 사라졌다.

조능의 얼굴이 경악으로 물들었다.

그는 풍월의 얼굴을 모른다. 하지만 무인으로서의 본능은 눈앞의 상대가 지금껏 겪어보지 못한 엄청난 고수라는 것을, 또한 패천마궁을 공격했던 마련의 고수들을 처참하게 박살낸 패천마궁의 궁주임을 직감적으로 알게 해주었다.

"네놈이냐, 패천마궁의 궁주가?"

조능이 이를 갈며 물었다.

풍월은 별다른 대답 없이 그저 고개만 살짝 끄덕였다.

"으으으!"

풍월의 정체를 확인한 조능의 얼굴이 야차처럼 변했다.

얼마 전 패천마궁과의 싸움에서 목숨보다 아끼던 아들을 잃었다.

위험할 수도 있다는 생각에 몇 번이나 말렸지만 걱정하지 말라며 환히 웃고 떠난 아들이다. 아들의 시신도 찾지 못해 매일 밤을 피눈물로 지새웠건만 아들의 원수가 눈앞에 나타났다. 그가 천하제일이든 천마든 상관이 없었다.

조능의 기세가 폭발적으로 증가했다.

조능의 변화에 풍월의 눈매가 살짝 좁혀질 때 광풍천살도가 펼쳐졌다.

같은 무공, 같은 초식이나 조금 전과는 비교가 되지 않을 정도로 뛰어난 위력을 품고 있었다.

풍월은 조능의 상태가 정상이 아님을 바로 알아보았다. 목숨을 담보로 하는 폭주. 설사 목숨을 구한다 하더라도 정상적인 생활을 할 수 없을 정도로 폐인이 될 것이다.

'대단하네.'

풍월은 목숨을 걸고 전력으로 부딪쳐 오는 조능을 보며 진심으로 감탄했다. 아들의 복수 때문에 눈이 돌아간 것을 알지 못하기에 조능이 한 문파의 문주로서 자존심을 지키려 한다고 생각했다.

비록 적이라 하더라도 목숨을 내걸고 자존심을 지키려는 상대라면 그에 걸맞는 대접을 해줘야 한다고 생각한 풍월이 천마대공을 운기하며 천천히 묵뢰를 움직였다.

묵뢰 끝에서 피어오른 강환이 급격히 숫자를 늘리며 조능이 일으킨 기세를 단숨에 집어삼켰다.

"크아아아아!"

조능이 비명과도 같은 함성을 내지르며 재차 칼을 휘둘렀다.

차갑게 빛나는 도강이 거센 광풍을 일으키며 풍월에게 향했으나 어느새 그의 주변을 완벽하게 차단하고 있는 강환에 막혀 힘없이 사그라들었다.

그것이 끝이 아니었다.

풍월이 뿜어낸 강환은 조능의 공격을 완벽하게 무력화시키고도 한참이나 여력이 남았다. 그 힘이 곧바로 조능에게 쏟아졌다.

"컥!"

조능의 입에서 외마디 비명이 터져 나왔다.

비명과 함께 깔끔하게 잘린 양팔에서 폭포처럼 피가 뿜어져 나왔다. 두 다리 또한 허벅지 아래가 더 이상 존재하지 않았다.

다리를 잃은 조능의 몸이 앞으로 고꾸라질 때 마지막 강환이 그의 목을 훑고 지나갔다.

조능은 자신의 죽음도 인지하지 못하고 숨이 끊어졌다. 당연히 고통스러운 신음이나 비명도 없었다.

풍월은 숨진 조능을 향해 나름의 예를 표하고 몸을 돌렸다.

밀은단원의 도움을 받아 부상을 치료하고 있던 황천룡은 눈 깜짝할 사이에 조능의 숨통을 끊어버리는 풍월을 보며 헛웃음을 흘렸다.

누구보다 풍월의 실력을 잘 알고 있다고 자부했던 바, 그것이 얼마나 한심한 생각이었는지 절실히 깨달았다. 풍월은 이미 자신이 예측할 수 있는 범위를 한참이나 벗어나 있었다.

"괜찮아요?"

풍월이 황천룡 곁으로 다가와 물었다.

"괜찮… 소."

황천룡이 어느새 다가와 도끼눈을 뜨고 있는 유연청을 의식하며 얼른 말투를 바꿨다.

"처음부터 너무 강한 상대를 만났습니다. 이 정도의 고수는 아직 무립니다."

"뼈저리게 느꼈… 소."

황천룡이 힘없는 얼굴로 말했다.

"그렇다고 그렇게 낙담할 필요는 없고요. 명색이 패천마궁

의 한 축을 담당했던 귀살문의 문주입니다. 능히 한 지역의
패자가 될 수 있는 실력자라고요. 그런 고수와 나름 대등하게
싸웠으니 충분히 자부심을 가져도 됩니다."

풍월의 칭찬에 잔뜩 풀이 죽어 있던 황천룡의 얼굴에 생기
가 돌았다.

"흐흐흐! 따지고 보면 그렇긴 하네. 옛날 같으면 언감생심
감히 쳐다도 못 볼 인물과 드잡이질을 했으니까."

몇 마디 말로 황천룡을 부활시킨 풍월이 몸을 돌리며 말했
다.

"이제 저쪽으로 가보죠. 오다 보니 꽤나 치열하던데."

말이 끝났을 때 유연청과 풍월은 이미 한참이나 앞서가고
있었다. 자리에서 벌떡 일어나 황천룡이 황급히 뒤를 따랐다.
상처에서 밀려오는 고통이 상당했지만 못 참을 정도는 아니었
다.

풍월의 말대로 싸움은 치열했다.

천마대는 배신자들을 단죄하기 위해, 귀살문은 그런 천마대
의 손에서 살아남기 위해 죽을힘을 다해 싸웠다. 하지만 결과
는 일방적이었다.

천마대는 자신들보다 수적으로 우위에 있는 귀살문의 제자
들을 잔인할 정도로 철저하게 짓밟았다.

겁에 질려 도주하는 자들은 끝까지 쫓아 숨통을 끊었고 항

복을 한 자들 역시 살려두지 않았다.

조예를 비롯하여 귀살문의 어른들이 제자들을 구하기 위해 필사적으로 노력을 했지만 소용없었다.

기세를 탄 천마대는 가히 무적이라 해도 과언이 아닐 정도로 엄청난 파괴력을 보여주었다. 특히 무너지는 귀살문을 어떻게든지 살려보겠다고 필사적으로 버티던 조예가 형웅에게 목숨을 잃으면서 흐름은 돌이킬 수 없는 상황으로 치달았다.

조예가 목숨을 잃고 반각도 되지 않아 싸움이 끝났다.

백여 명에 육박하는 귀살문의 제자들이 목숨을 잃었다.

처음부터 도망친 이들을 제외하고 전장에 뛰어든 이들 중 도주에 성공한 사람은 단 한 명도 없었다.

그에 반해 천마대에선 부상자를 제외하고 목숨을 잃은 인원은 고작 한 명에 불과했다. 실로 완벽한 압승이었다.

천마대가 조능을 쓰러뜨리고 나타난 풍월을 향해 일제히 무릎을 꿇으며 외쳤다.

천마군림! 만마앙복!

*   *   *

패천마궁이 움직였다.

젊은 궁주가 칼을 빼 들었다.

귀살문의 멸문 소식은 순식간에 사방으로 퍼져 나갔다.

중원 무림, 정확히는 패천마궁과 적대시하고 있던 마련은 큰 충격을 받았다. 패천마궁의 현재 상황을 고려했을 때 당분간은 움직일 수 없을 것이라 예상했기에 충격은 배가되었다.

최근 들어 그 지위가 급격히 흔들리고는 있어도 여전히 막강한 영향력을 휘두르고 있는 적룡무가는 즉시 수뇌 회의를 소집했다.

"그걸 지금 말이라고 하는 것이오!"

황익의 입에서 노호성이 터져 나왔다.

꽝!

화를 참지 못하고 내려친 탁자가 산산조각이 나며 흩어졌다.

회의실의 분위기는 차갑게 얼어붙었다. 하지만 황익의 분노를 고스란히 받고 있는 두 사람, 만독방의 장로 여공과 뇌운은 태연하기만 했다.

뇌운이 찻잔을 만지작거리며 말했다.

"책임론 운운하며 본가로 하여금 남궁세가를 공격토록 하지 않았소이까? 억울한 면이 없지 않았지만 대다수의 의견이 그랬기에 군말 없이 따랐소. 한데 이제 와서 병력을 돌리라니 받아들이기가 쉽지 않소이다."

"하지만 상황이 변하지 않았소. 지금은 남궁세가가 아니라 다 같이 힘을 합쳐 놈을 상대해야 할 때요."

황익의 말에 여공이 슬며시 제동을 걸고 나섰다.

"놈도 급하지만 남궁세가 또한 급합니다."

"무슨 소리요?"

황익이 애서 화를 참으며 물었다.

"누구보다 앞장서서 패천마궁을 공격한 바, 솔직히 남궁세가를 공격하라는 의견을 무시할 수도 있었습니다. 하지만 본 방이 남궁세가에 대한 공격을 받아들인 것은 지리멸렬한 줄 알았던 정무련의 세력이 남궁세가를 중심으로 급격하게 모이고 있음을 확인했기 때문입니다. 마련의 미래를 위해서라도 이를 방치할 수는 없었다는 말입니다."

뇌운과 의미심장한 시선을 주고받은 여공이 힘주어 말을 이었다.

"패천마궁이, 애송이 궁주가 미쳐 날뛰는 것은 분명 심각한 일입니다. 하지만 남궁세가의 일 또한 그만큼 심각한 터. 본 방은 마련의 미래를 위해서라도 병력을 되돌리라는 요구를 받아들일 수 없습니다."

뇌운이 재빨리 덧붙였다.

"본가 역시 마찬가지요."

뇌운과 여공의 반발에 황익은 피가 나도록 주먹을 꽉 움켜쥐었다.

얼마 전만 해도 감히 있을 수 없는 상황이다. 하지만 풍월에게 막대한 피해를 당한 지금, 저들의 반발은 노골적이었다. 더욱 화가 나는 일은 그런 반발을 간단히 밟아버릴 수가 없다는 것이었다.

보다 못한 흑룡묵가의 대표 묵인건이 황익을 돕고 나섰다.

"귀살문이 멸문지화를 당했고 인근에 있던 세 개의 문파 역시 힘없이 무릎을 꿇었소. 남궁세가 따위가 문제가 아니오. 놈들을 막지 못하면……."

묵인건은 말끝을 흐렸지만 그가 하고자 하는 말이 무엇인지 모르는 사람은 없었다.

"당장 병력을 모아야 하외다."

"맞습니다. 놈이 이끌고 있는 사귀대, 아니, 천마대가 아무리 강하다 하더라도 오십 남짓한 인원입니다. 나머지 놈들이야 오합지졸에 불과한 터. 숫자로, 힘으로 찍어 누를 수 있습니다. 하지만 이런 식으로 각개격파를 당한다면 감당키 힘든 결과를 마주하게 될 것입니다."

"배후를 찌를 필요도 있다고 생각합니다. 주력이 빠진 지금 패천마궁을 공략하면 놈들도 함부로 움직일 수 없을 것입니다."

온갖 의견들이 쏟아져 나오는 와중에 풍월을 쫓고 있는 척후들로부터 보고가 올라왔다.

보고서를 받아든 황익이 딱딱이 굳은 얼굴로 서찰을 구겼다.

"놈들이 남천밀가를 향해 움직이고 있다고 합니다."

"그, 그게 사실입니까?"

벌떡 일어선 남천밀가의 장로 몽금황이 하얗게 질린 얼굴로 물었다.

"그렇소. 아마도 지금쯤이면……."

"아!"

털썩 주저앉는 몽금황의 입에서 절망적인 탄식이 터져 나왔다.

*   *   *

꽈꽈꽈꽈꽝!

거대한 폭음이 천지를 뒤흔들었다.

주변에서 벌어지던 모든 싸움이 일시에 멈춰질 정도로 큰 충격파와 더불어 거센 불길이 하늘로 치솟았다.

"아, 안 돼!"

유연청이 겁에 질린 얼굴로 불길을 향해 달려갈 때 황천룡이 그녀의 팔을 낚아챘다.

"안 됩니다, 아가씨!"

"놔요. 오라버니가……."

유연청은 온몸을 떨며 말을 잇지 못했다.

"괜찮을 겁니다."

황천룡이 힘주어 말했다. 하지만 그 또한 막연한 추측이요 간절한 바람일 뿐이다. 그만큼 풍월을 덮친 화마(火魔)는 강력했다.

"크하하하하! 꼴좋구나, 애송이!"

남천밀가의 가주 몽조가 광소를 터뜨렸다.

풍월을 함정에 빠뜨리기 위해 스무 명 가까운 인원이 미끼 역할을 하고 천금을 주고 구한 벽력탄 열 개를 모조리 쏟아부었지만 조금도 아깝지 않았다.

패천마궁의 궁주이자 천마의 후예.

풍월의 목숨은 그만한 희생을 치를 가치가 있었다.

"흐흐흐!"

몽조는 조금씩 가라앉는 연기와 먼지들을 보며 웃음을 그치지 못했다.

풍월의 숨통을 끊음으로써 마련 내에서 입지가 얼마나 상승될지 상상조차 되지 않았다. 물론 천마대를 비롯한 나머지 병력과의 싸움이 버겁기는 했지만 굳이 싸울 것도 없었다. 남천밀가 곳곳에 설치된 기문진을 이용하면 싸움을 피할 방법은 얼마든지 있었다.

때마침 일진광풍이 불었다.

하늘 높이 솟구쳤던 불길도 주위 십여 장을 완전하게 뒤덮었던 연기와 흙먼지가 일순간에 걷혔다.

열 개의 벽력탄이 동시에 터진 위력은 엄청났다.

흉측하게 패인 구덩이가 곳곳에 모습을 드러냈다.

바닥에 촘촘히 깔려 있던 박석은 흔적도 없이 사라졌고 몇몇 조형물 또한 먼지가 되어 사라졌다.

하지만 그토록 엄청난 파괴력을 지녔던 벽력탄도 피류으로 이뤄진 인간을 어쩌지 못했다.

묵뢰를 땅에 꽂은 채 한쪽 무릎을 꿇고 있던 풍월이 천천히 몸을 일으켰다.

"마, 말도 안 돼!"

몽조의 눈이 부릅뜨였다.

경악한 얼굴로 풍월을 응시하는 것이 마치 귀신이라도 본 듯했다.

"어, 어떻게 그 상황에서 버틸 수 있단 말이냐!"

몽조는 지금 상황을 도저히 이해할 수가 없었다.

벽력탄 하나만 해도 어지간한 전각 하나를 날려 버릴 수 있다. 그런 벽력탄이 하나도 아니고 무려 열 개가 터졌다. 그 위력을 견딜 수 있는 인간이 있을 것이라곤 상상조차 할 수 없었다.

"선물은 잘 받았다."

풍월이 차갑게 웃으며 말했다.

천마탄강의 공능이 아니었으면 옷과 머리가 그슬린 정도로 끝나지는 않았으리라.

어쩌면 죽을 수도 있었다는 생각을 하자 그의 전신에서 살기가 뿜어져 나왔다. 그 살기에 노출된 몽조가 황급히 뒤로 물러났다.

승리를 자신하며 광소를 터뜨렸던 모습과는 대조적으로 초라한 퇴장이다.

풍월은 그를 그냥 보낼 생각이 없었다. 아무리 함정을 위함이라 해도 스무 명에 가까운 수하들을 미끼로 쓴 잔인한 심성은 짐승과 다르지 않았다.

죽음으로서 자존심을 지키려 했던 귀살문의 문주의 모습과는 참으로 대조적으로 보였다.

물론 귀살문주가 자식의 복수 때문에 미쳐 날뛴 것을 모르기에 할 수 있는 생각이었다.

몽조는 미처 몸을 빼기도 전 순식간에 거리를 좁혀오는 풍월을 확인했다.

단순히 빠르다는 말로 표현하기 힘들 정도로 신묘한 움직임이다.

자신을 향해 다가온다고 생각한 순간, 이미 지척에 이르렀다.

당황한 몽조가 급히 손을 뻗었다.

그의 손에서 날아간 아홉 자루의 비수가 풍월의 요혈을 노리며 짓쳐 들었다.

풍월은 날아오는 비수를 아예 신경도 쓰지 않았다.

몽조의 눈에 의혹이 깃들 때 그가 뿌린 비수는 천마탄강에 의해 모조리 튕겨 나갔다.

몽조가 어느새 검을 빼 들었다.

핏빛 검신, 몽조가 빼 든 검에서 질식할 것만 같은 요기(妖氣)가 뿜어져 나왔다.

엽무강이 사용했던 수라마검 정도는 아니나 꽤나 악명이 높은 마검 사령(死靈)이다.

이름난 신병이나 마병처럼 다른 병장기를 무 자르듯 베어버리는 능력은 없었으나 검 자체에 깃든 요기가 상대의 정신을 혼란케 하는 공능이 있었다.

풍월은 몽조가 사령을 빼 든 순간부터 불쾌한 뭔가가 자신의 몸을 휘감는다는 느낌을 받았다.

몸이 무거워지고 머리도 지끈거렸다.

그것이 정확히 뭔지 알 수는 없었으나 수라마검을 경험해 본 바, 몽조의 손에 들린 검의 영향이라는 것을 직감할 수 있었다.

하지만 그것도 잠시였다.

풍월을 잠식하려 했던 요기는 천마대공의 힘에 의해 순식간에 사라졌다.

그사이 몽조의 공격이 짓쳐 들었다.

남천밀가의 독문무공인 환살밀은검(幻殺密隱劍)이다.

사령에서 뿜어진 기운이 세 갈래로 갈라지며 각기 미간과 목덜미, 심장을 찾아 꿈틀거렸다.

두 사람의 거리는 고작 이 장, 그들과 같은 고수에겐 코앞이나 다름없었다.

몽조는 풍월이 자신의 공격을 막아내지 못할 것이라 확신했다. 그것은 당장에라도 싸움에 끼어들 기회를 엿보고 있는 자들도 마찬가지였다.

세 갈래로 흩어진 기운은 몽조의 예상대로 아무런 방해도 없이 풍월의 몸에 작렬했다.

묵직한 충격이 전해졌다. 한데 당연히 피를 뿌리며 쓰러져야 하는 풍월의 표정이 너무도 편안했다.

몽조가 뭔가 잘못되었다는 것을 직감했을 때 그를 향해 엄청난 반탄력이 전해졌다.

가히 상상도 할 수 없는 호신강기!

그것이 바로 풍월을 벽력탄의 위험에서 벗어나게 해준 힘이라는 것을 확인한 몽조의 얼굴이 참담하게 일그러졌다.

"빌어먹을!"

몽조의 입에서 다급한 외침이 터져 나왔다.

천마탄강으로 몽조의 공격을 무력화시킨 풍월이 묵뢰를 움직인 것이다.

날카로운 파공음을 내며 접근하는 도강을 향해 사령을 휘둘렀다.

사령에서 뻗어 나온 붉은 기운이 허공에서 부딪치는 순간, 허공을 격해 전해지는 압력에 몽조의 손아귀가 갈가리 찢겨나갔다. 그뿐만이 아니다. 사령을 타고 흘러들어 온 기운이 내부의 장기마저 뒤흔들었다.

"커헉!"

묵직한 신음을 내뱉으며 뒷걸음질 친 몽조가 한 사발이 넘는 피를 토해냈다.

'이, 이 무슨……'

몽조는 상상도 할 수 없는 풍월의 강함에 정신이 아득해졌다.

방심은 아니다. 방심이라는 것 자체가 강자의 전유물이 아니던가. 그동안 풍월이 무림에서 어떤 활약을 해왔는지 잘 알고 있었고 인정을 했기에 벽력탄까지 준비를 했다.

하지만 풍월의 강함은 자신이 헤아릴 수 있는 범주를 뛰어넘었다.

몽조는 그가 어째서 천하제일인, 천마의 후예라 칭해지는지 비로소 깨달을 수 있었다.

풍월의 공격이 다시금 날아들었다.

빠르지도 않았다. 느릿느릿 움직이는 칼의 궤적. 한데 피할 자신이 없었다. 뭔가에 묶인 듯 몸도 움직이지 않았다.

죽음을 직감한 몽조가 눈을 감았다.

퍽! 퍽!

둔탁한 소리와 함께 얼굴이 뜨거워졌다. 동시에 몸이 뒤로 확 꺾였다.

눈을 뜬 몽조의 눈에 자신을 대신해 풍월의 공격을 받아낸 누군가의 몸이 갈가리 찢어지는 광경이 들어왔다. 얼굴을 적신 것은 그들의 피리라.

"괜찮으시오, 문주? 정신 차리시오!"

절체절명의 순간, 몽조를 구해낸 남천밀가의 대장로 몽불기가 다급히 소리를 질렀다.

죽을힘을 다해 달리는 몽불기의 심장은 미친 듯이 뛰고 있었다.

칠십 평생 온갖 강자를 많이 보았지만 풍월 같은 괴물은

단연코 처음이다.

남천밀가의 장로 세 명이 단 한 번의 칼부림으로 목숨을 잃을 줄 누가 상상이나 했을까.

역대 패천마궁의 궁주 중 가장 강력한 무력을 지녔다고 평가받는 마존 독고유가 살아와도 어림없는 일이었다.

'피해야 한다. 정면 대결은 자살행위야!'

몽조의 상태가 정상이 아닌 지금 자신이 결정을 내려야 한다고 판단한 몽불기가 곁으로 따라붙은 호위대장에게 몽조의 신형을 넘겼다.

"뒤도 돌아보지 말고 즉시 이곳을 빠져나가라. 네 걸음에 본가의 운명이 걸렸다."

"알겠습니다. 한데 대장로께서……."

"이대로는 힘들다. 시간이라도 끌어야 하지 않겠느냐?"

몽불기가 어느새 지척에 이른 풍월을 가리키며 쓰게 웃었다.

"보중하십시오."

무겁게 고개를 숙인 호위대장이 전력을 다해 달리기 시작했다. 그를 따르던 스무 명의 호위대는 그가 아니라 몽불기 곁에 남았다.

풍월이 도주하는 몽조를 향해 묵뢰를 던졌다.

묵뢰를 그냥 통과시키면 문주의 목숨을 장담할 수 없다고 판단한 몽불기가 즉시 손을 썼다.

빛살처럼 날아가는 묵뢰가 몽불기에 의해 방향이 살짝 틀어졌다.

"크으으으!"

몽불기의 입에서 탁한 신음이 흘러나왔다.

어처구니가 없는 표정이다.

고작 방향을 바꾸는 것만으로도 내력이 진탕된 것이다.

허공으로 치솟은 풍월이 우아하게 호선을 그리며 날아든 묵뢰를 낚아채고는 길을 막고 있는 몽불기와 호위대를 향해 묵뢰를 휘둘렀다.

천마무적도 이초식 천마우!

묵뢰에서 뿜어져 나온 가공할 강기가 비처럼 쏟아져 내렸다.

"맙소사!"

몽불기는 물론이고 호위대원들의 입에서 절망적인 비명이 터져 나왔다.

대항은 엄두도 내지 못했다. 그들이 할 수 있는 것은 그저 필사적으로 도주하는 것뿐이었다.

쫘쫘쫘꽝!

강기의 비가 지상에 내리꽂히고 그 순간, 사방 십여 장이 초토화가 되었다.

도주하던 호위대 중 대부분이 목숨을 잃었고 살아남은 사람 또한 숨이 붙어 있는 것이 기적일 정도로 치명상을 입었다.

몽불기 또한 처참한 몰골로 한쪽 무릎을 꿇고 있었다. 한쪽 팔은 어느새 사라져 있었고 가슴이며 아랫배가 처참하게 뭉개진 상태였는데 상처 사이로 내장이 삐죽이 모습을 드러냈다.

"허허허!"

몽불기의 입에서 허탈한 웃음이 흘러나왔다.

명색이 남천밀가의 대장로가 변변히 대항도 못 하고 무너져 내렸다.

자신이 약한 것이 아니다.

풍월이란 괴물이 너무 강한 것이었다.

어느새 땅에 내려선 풍월이 그의 곁을 스쳐 지나갔다. 어떻게든 움직여 보려 했으나 손가락 하나 까딱할 힘도 남아 있지 않았다.

멀어지는 풍월의 뒷모습을 안타깝게 바라보던 몽불기의 고개가 힘없이 꺾였다.

때마침 고개를 돌렸던 호위대장이 몽불기의 죽음을 목도했다.

'죄송합니다, 대장로. 가주님은 제가 목숨을 걸고 무사히 모

시겠습니다.'

맹세가 무색하게 그의 눈동자는 빛살처럼 달려오는 풍월의 모습에 공포로 물들었다.

"마, 막아랏!"

호위대장이 죽어라 소리쳤다.

딱히 누구에게 한 명령은 아니었다.

하지만 효과는 확실했다.

천마대와, 추소기가 지휘하는 패천마궁의 무인들과 치열한 접전을 펼치던 남천밀가의 제자들이 일제히 방향을 틀었다.

"죽어……."

퍽!

풍월의 앞을 가로막으며 달려들던 사내가 가슴을 부여잡고 쓰러졌다.

딱히 풍월이 손을 쓴 것은 아니다.

천마탄강의 반탄강기를 감당하지 못하고 스스로 자멸한 것이다.

비슷한 현상이 계속 이어졌다.

호위대장의 외침을 들은 남천밀가의 제자들은 풍월의 걸음을 지체시키기 위해 부나비처럼 달려들었다. 그들 중 대다수는 풍월이 직접 손을 쓸 것도 없이 천마탄강의 반탄강기로 해결이 가능했다.

때때로 실력 있는 고수들이 덤벼들기도 했지만 그들 대부분 또한 천마탄강의 반탄강기를 버거워했고 어떻게 버텨냈다 하더라도 풍월의 일초식을 감당하지 못한 채 무참히 쓰러졌다.

한참이나 벌어져 있던 거리가 급격히 좁혀지고 마침내 십여 장의 거리까지 따라잡았을 때 두 노인이 그의 앞을 가로막고 섰다.

풍월의 눈에 이채가 떠올랐다.

몽조만큼이나 강한 노인들이었다.

묵뢰가 하늘 위로 솟구쳤다.

우우우우웅!

웅장한 도명이 사위를 휘감고 그의 전신에서 태산과 같은 힘이 쏟아져 나왔다.

풍월의 기세를 정면으로 막아선 두 노인, 몽불기와 같은 연배로 일찌감치 은퇴를 했다가 세가의 위기를 보고 다시 세상에 나온 원로들의 얼굴이 창백하게 변했다.

그들을 향해 지옥의 염화처럼 뜨거운 기운이 달려들었다.

천마무적도 사초식 천마염이다.

두 원로는 세상 모든 것을 태워 버릴 기세로 짓쳐 드는 기운에 암담함을 느낄 수밖에 없었다.

"와! 미쳤다. 진짜!"

멀리서 풍월의 모습을 지켜보던 황천룡이 입을 쩍 벌리며 소리쳤다.

"저 늙은이들 강한 것 맞지?"

황천룡이 형응에게 물었다.

"강합니다."

"나하고 비교해선?"

한 번 꺾였음에도 다시금 살아난 자신감, 형응이 피식 웃으며 말했다.

"힘들 것 같은데요."

"그렇지? 나도 그럴 것 같다. 한데 그런 늙은이들을 단 두 번의 공격 만에 저리 만든 인간은 대체 뭐 어떻게 설명해야 하는 거냐?"

황천룡은 풍월의 공격에 이미 사람이라고 할 수 없을 정도로 형편없이 망가진 두 원로를 가리키며 동정의 눈빛을 보냈다.

그사이 마지막까지 버티던 두 원로마저 간단히 쓰러뜨린 풍월이 마지막 목표를 향해 걸음을 옮겼다.

"쯧쯧, 끝났군."

두 원로들이 쓰러진 곳에서 고작 이십여 장 떨어진 곳, 몽조를 업고 도망을 치던 호위대장이 고꾸라져 있었다.

풍월이 다가옴에도 꼼짝도 하지 못하고 거친 숨을 몰아쉬고 있었는데 이기어검의 수법으로 날아간 묵운이 두 사람의 몸을 한꺼번에 관통한 채 깊숙이 박혀 있었다.

풍월이 묵운을 회수했다.

묵운이 뽑히자 두 사람의 몸에서 검붉은 피가 솟구쳤다.

몽조는 이미 숨이 끊긴 상태였고 호위대장만이 거친 숨을 내뱉다 힘없이 고개를 떨궜다.

길게 숨을 내뱉은 풍월이 뒤를 돌아보았다.

그가 움직인 경로를 따라 모든 것이 황폐해져 있었다. 마치 거센 폭풍우가 몰아친 것처럼.

제96장

악몽(惡夢)

　"귀살문을 시작으로 적호방까지 열흘 사이에 아홉 개의 문파가 놈들에게 당했습니다. 그중에서 귀살문과 남천밀가, 적호방은 과거 패천마궁을 지탱하던 기둥으로서 그 세력이 만만치 않은 곳입니다. 특히 남천밀가의 전력은 마련에서도 중간의 위치였습니다."

　사마조의 말에 사마용이 헛웃음을 흘리며 말했다.

　"그런 남천밀가를 탈탈 털어버렸단 말이지."

　"예, 그것도 놀랍지만 더욱 놀라운 것은 놈들의 행보가 실로 거침이 없고 빠르다는 것입니다. 귀살문을 시작으로 마련에 속하거나 지지하고 있는 세력들이 하루에 하나씩 무너지고 있습니다."

"그것보다는 고작 그만한 인원으로 그런 짓을 벌인다는 것이 더 놀랍다. 애송이 궁주 놈을 따르는 수하들이 백오십 남짓에 불과하다던데 정말 사실이냐?"

이장로 사마풍이 기가 차단 표정으로 물었다.

"예, 그래도 지금은 숫자가 조금은 줄었을 겁니다."

"하지만 놈들의 기세가 꺾일 일은 없겠지. 어차피 놈들 전력의 핵심은 풍월과 놈의 아우라는 살수일 테니까. 아, 천마대의 힘도 막강하다 들었다."

위지허의 말에 사마조가 고개를 끄덕였다.

"그렇습니다. 특히 천마대의 기세가 무섭습니다. 아홉 개의 문파를 멸문에 가깝게 초토화를 시키면서 놈들이 입은 피해는 극히 미미하다고 합니다. 물론 풍월과 형웅이 위협이 될 만한 고수들을 모조리 쓸어버렸기에 가능한 일이라 할 수 있지만 천마대가 엄청난 전투력을 지닌 것은 결코 부인할 수 없는 사실입니다."

"상황이 이 지경까지 몰렸는데 마련 놈들은 대체 뭘 하고 있단 말이냐? 아직도 알량한 권력 다툼이나 하고 있으니. 병신 같은 것들!"

풍월이 마련을 공격하기 시작한 지도 벌써 열흘. 아직까지 제대로 된 대응책을 내놓지 못하고 우왕좌왕하는 마련의 행보에 사마용이 노호성을 터뜨렸다.

"적룡무가가 자충수를 둔 것이지. 제 놈들을 위협하는 풍천뇌가와 만독방을 경계한다고 엉뚱한 짓을 벌였다가 이도 저도 못한 신세가 되어버렸으니."

위지허의 혀 차는 소리에 좌중에 모인 이들 모두가 공감한다는 듯 크게 고개를 끄덕였다.

"만독방과 풍천뇌가가 판단을 잘못한 것은 아닐까? 저러다 패천마궁이 마련을 완전히 뭉개 버릴 수도 있을 터. 그리되면 제 놈들의 신세가 어찌 된다는 것을 모르지 않을 텐데 말이다."

사마풍의 말에 사마조가 고개를 저었다.

"현재 패천마궁의 위세가 하늘을 찌르고 있지만 그렇다고 해도 지금 당장은 마련이 질 가능성은 크지 않습니다."

"이미 열 개의 세력이 무너졌다."

"각개격파를 당했기 때문이지요. 남천밀가가 마련 내에서 제법 규모가 크다고는 해도 위로 올라갈수록 그 격차는 극명하게 차이가 납니다. 특히 마련의 핵심 세력들은 여전히 막강한 힘을 보유하고 있습니다. 그들이 본격적으로 손을 잡고 대적을 한다면 패천마궁도 지금과 같은 위세를 보여주지는 못할 것입니다."

무상 검우령이 사마조의 말을 반박하고 나섰다.

"단순히 그렇게 말하기엔 풍월과 놈을 따르는 수하들의 기세가 너무 무섭다. 특히 풍월의 실력은……."

검우령은 말을 아꼈다. 굳이 자신이 설명을 하지 않더라도 속속 전해지는 소식을 통해 풍월이 얼마나 괴물 같은 신위를 보여주고 있는지 모두가 알고 있기 때문이었다.

특히 남천밀가가 사용한 열 개의 벽력탄을 견뎌내고 홀로 가주 이하, 뭇 고수들을 모조리 쓸어버렸다는 말이 전해졌을 땐 그 소식을 들은 이들 모두 한참이나 입을 열지 못했을 정도였다.

"풍월이 강하다는 것을 부정하는 것은 아닙니다. 다만 마련의 전력을 감안했을 때 그가 아무리 강하다고 하더라도 고작 백오십 남짓의 정예로 무너뜨리기에는 불가능하다는 것을 말씀드리는 겁니다. 게다가 풍천뇌가와 만독방 때문에 쉽게 결정을 내리지는 못했으나 이미 적룡무가를 중심으로 힘을 모으기로 결정된 것 같다는 보고가 도착했습니다."

"흐음."

검우령이 나직이 신음을 내뱉었다.

"어쩌면 무너질 수도 있다고 봅니다."

"엥? 방금은 불가능하다 하지 않았느냐?"

검우령이 눈을 동그랗게 뜨며 물었다.

"지금 당장은 그렇다는 말이지요. 하지만 놈이 언제까지 그 인원으로 싸운다고 보십니까?"

"……"

"애당초 패천마궁을 배반한 세력은 적룡무가를 필두로 얼마 되지 않습니다. 다만 배반한 세력들이 막강한 힘을 지닌 터라 대다수의 문파들이 그 위세에 굴복한 것뿐이지요. 명분만 주어지면 언제든지 칼을 바꿔 쥘 준비가 되어 있는 자들이란 말입니다."

"동감이다. 힘없는 것들이야 그저 강한 놈들의 눈치를 보며 이리저리 휘둘릴 뿐이겠지. 패천마궁이 지금처럼 압도적인 힘을 보여주면 마련에 등을 돌릴 세력이 꽤나 나올 것이야."

위지허가 사마조의 말에 힘을 실었다.

"하면 지금 상황에서 우리가 어찌하는 것이 최선이라 보느냐?"

사마용의 물음에 미간을 찌푸리며 한참을 생각하던 사마조가 작심한 얼굴로 말했다.

"금선탈각지계(金蟬脫殼之計)를 준비해야 할 것 같습니다."

순간, 회의실이 크게 동요했다. 다만 사마용은 사마조가 그런 답을 내놓을 것을 예측했는지 별다른 표정 변화가 없었다.

"물론 마련이 패천마궁에 패했을 때를 감안한 방책입니다."

"그래도 미리 준비는 해야겠지. 우선은 남궁세가를 살려야

겠구나."

"예, 마련이 무너졌을 때 패천마궁을 상대할 가장 좋은 대안이니까요. 더불어 풍천뇌가와 만독방의 세력까지 별다른 피해 없이 유지를 시킨다면 마련의 잔당을 흡수하여 패천마궁에 대항할 수 있을 것입니다."

"바로 조치를 하여라."

"알겠습니다. 더불어 북해빙궁이나 환사도문의 퇴각도 필요합니다."

북해빙궁이란 말에 사마용이 미간을 찌푸렸다. 다른 곳은 몰라도 북해빙궁만큼은 개천회의 의도대로 마음껏 휘두를 수가 없기 때문이었다.

"북해빙궁 놈들은 하북에서 움직이려 하지 않을 것이다. 우선적으로 환사도문을 움직이자꾸나. 그것만 해도 상당한 도움이 될 것이다."

"예, 환사도문이 물러나면 무당과 화산, 종남으로 대표되는 서북무림은 물론이고 사천당가까지 움직일 수 있습니다. 다만 저들의 의심을 사지 않기 위해서라도 완전히 물러나게 해야합니다."

"솔직히 얻을 것은 다 얻었으니 적당히 사례만 더 한다면 큰 문제는 없을 것이다. 하니 일단 언질을 해놓거라."

"알겠습니다."

차분히 대답을 한 사마조가 십이장로 한소에게 고개를 돌렸다.

"하오문의 정리는 완벽하게 끝난 것입니까?"

"일단 겉으로 드러난 곳은 모조리 끝장을 냈네. 하지만 워낙 질긴 놈들이라……."

"진회하에선 아직도 소식이 없습니까?"

"아직까지는. 아무리 애를 써봐도 방법이 없다고 하는군. 화기까지 동원해서 진법을 깨뜨리려고 했지만 소용이 없다고 하네."

"염 호법께서 가셨다고 하지 않았습니까?"

검우령의 물음에 한소가 쓴웃음을 지으며 고개를 저었다.

"그 친구도 두 손을 든 모양이야. 생전에 그토록 완벽한 진법은 본 적이 없다고, 제갈세가의 진법도 그 정도는 아니라 했다더군."

한소의 말에 다들 놀라움을 감추지 못했다.

총순찰 마정이 하오문의 총단을 공격했을 때 문주를 비롯하여 핵심 수뇌들은 모조리 탈출을 했다. 하지만 진회하 인근을 완벽하게 차단하고 있던 개천회의 이목을 완전히 따돌릴 수는 없었고, 곧바로 추격이 이어졌다. 그리고 남경에서 남서쪽으로 백여 리 떨어진 산에서 마침내 꼬리를 잡을 수가 있었다.

한데 거기까지였다.

하오문주와 수뇌들이 숨어들어 간 계곡에는 상상할 수도 없는 절진이 펼쳐져 있었다. 몇 번이나 뚫어보려고 시도를 했으나 막대한 피해만 낼 뿐 절진 안으로 단 한 걸음도 들어설 수가 없었다. 아니, 정확히는 절진 안으로 들어가서 살아나온 사람이 단 하나도 없다는 것이 맞을 것이다.

마정의 보고를 받은 한소는 개천회에서 기문둔갑과 진법에 일가견이 있는 호법 염초를 파견했다. 한데 그 염초마저 방법이 없다고 손을 든 것이다.

"들어갈 수 없다면 나올 수도 없는 것이겠지요?"

"그건 확실하네. 염 호법이 확인해 주었네."

"알겠습니다. 그 정도면 충분합니다."

"우리의 정보가 조금 빠져나갔다고 너무 신경을 쓰는 것 아니냐? 하오문은 끝났어. 설사 놈들이 탈출한다고 해도 이미 손발이 잘린 상태다. 굳이 신경 쓸 필요까지는 없을 것 같다만."

검우령의 말에 사마조가 고개를 저었다.

"금선탈각지계는 그 시작이 무엇보다 중요합니다. 모두가 신뢰할 수 있는 정보로부터 시작해야 하지요. 정무련과 정의맹에 흘릴 정보의 출처가 본회에 멸문을 당한 하오문에서 나왔을 때 폭발력과 신뢰는 배가됩니다. 더구나 이미 하오문을 통해 몇몇 간자들의 명단을 확보한 전력이 있으니 더욱 그럴 것입니다. 한데 그런 상황에서 하오문주나 다른 수뇌들이 끼어들면……."

"정보의 신뢰도가 흔들릴 수 있다는 말이구나."

"예, 그렇습니다. 해서 그자들이 탈출해서는 절대로 안 됩니다. 최소한 금선탈각지계가 완벽하게 끝나기 전까지는요."

한소가 자신도 모르게 고개를 끄덕일 정도로 사마조의 눈빛은 전에 없이 무거웠다.

*   *   *

"승마문과 화령보에서 항복의 의사를 전해왔습니다. 어찌할까요?"

천마대주 물선이 보고를 하며 물었다.

승마문까지의 거리는 십 리도 남지 않았다. 명만 떨어지면 당장에라도 쓸어버리고 싶은 눈치가 역력했다.

어제까지 아홉 개의 세력을 무너뜨리는 과정에서 승마문과 화령보처럼 미리 항복을 해온 곳도 있었다.

풍월이 그들의 항복 요청을 받아들이지 않았기에 이번에도 당연히 공격 명령이 떨어지리라 여겼다.

한데 바위에 걸터앉은 채 잠시 휴식을 취하고 있던 풍월의 입에서 전혀 예상외의 명령이 흘러나왔다.

"받아들인다."

"구, 궁주님?"

물선이 깜짝 놀라 풍월을 부르다 자신의 실책을 인식하고는 얼른 무릎을 꿇었다.

"속하의 죄를 용서하십시오."

"일어나라."

가벼운 손짓으로 물선을 일으켜 세운 풍월이 주변을 돌아보았다. 형응만이 별다른 표정의 변화가 없을 뿐 거의 모든 이들이 물선의 반응과 다르지 않았다.

"지금 배반한 놈들을 용서한다는 거… 요?"

황천룡이 놀란 눈으로 물었다.

"승마문과 화령보는 패천마궁, 아니, 마련에서도 미미한 세력일 뿐입니다. 그들의 잘못이라면 그저 힘이 없어 이리저리 휘둘린 것뿐이지요."

"그런 이유라면 전에 항복을 해온 마령문이나 혈수가도 같은 조건 아니었소? 별 볼 일 없는 놈들이었던 것으로 기억하는데."

"그들은 본보기였습니다. 저항하면 어찌 되는지 확실히 보여줄 본보기. 하지만 언제까지 그런 식으로 공격을 할 수는 없지 않습니까? 수천, 수만의 목숨을 벨 수는 없지요."

"강온 양면작전이군요. 저항하면 모조리 죽고 항복하면 목
숨을 보장한다는."

"뭐, 그런 셈입니다."

풍월은 황천룡의 과한 반응에 실소를 지으며 고개를 끄덕
였다.

"어쨌거나 운이 좋은 놈들이네. 하루만 먼저 걸렸어도 모조
리 뒈졌을 것을."

황천룡이 숭마문이 위치한 산을 노려보며 아쉬움을 토로할
때, 은혼이 다급한 표정을 지으며 달려왔다.

"구, 궁주님!"

"무슨 일입니까?"

"군사께서 전서구를 보내셨습니다."

은혼이 손바닥만 한 종잇조각을 건넸다.

은혼의 어깨에 얌전히 앉아 있는 전서구에 잠시 시선을 주
었던 풍월이 그가 건넨 종잇조각을 받아들었다.

전서의 내용은 짧지만 강렬했다.

풍월의 눈빛이 매서워지자 슬그머니 다가온 황천룡이 어깨
너머로 전서의 내용을 읽었다.

"뭐! 공격을 당하고 있다고?"

깜짝 놀란 황천룡이 자신도 모르게 소리쳤다.

"본궁이 공격을 당하는 것입니까?"

어느새 곁으로 다가온 추소기가 딱딱하게 굳은 얼굴로 물었다.

풍월이 전서를 전하며 고개를 끄덕였다.

빠르게 전서를 읽은 추소기가 이를 부득 갈며 말했다.

"마련 놈들이 궁주님의 공격을 감당할 엄두가 나지 않으니 본궁을 이용해 우리들의 발목을 잡으려는 것 같습니다."

"그런 것 같군요. 예상을 하기는 했지만 정말 이런 수를 쓸 줄은 몰랐는데."

마련의 치졸한 수법에 풍월의 입가에 조소가 맺혔다.

"어찌하실 생각인지요?"

추소기가 조심스레 물었다.

"회군합니다. 하지만 나는 가지 않습니다."

추소기가 뭐라 반응을 하기 전, 풍월이 뒤에서 위지평을 불렀다.

"위지평."

"예, 궁주님."

"밀은단은 나와 함께 움직인다."

선택을 받지 못한 물선의 표정이 순간적으로 어두워지는 것과는 달리 명을 받는 위지평의 얼굴이 전에 없이 환해졌다.

"존명!"

　　　　　*　　　　　　*　　　　　　*

　"그러니까 이곳에서 퇴각을 해달라?"

　북리천이 어이없는 웃음을 흘리며 물었다. 그 웃음 속에 더 할 수 없는 살기가 숨어 있음을 감지한 여명대 부대주 연횡은 아직까지도 북해빙궁과 함께 있어야 하는 자신의 신세를 한탄하며 조심스레 말을 이었다.

　"작전상 잠시 퇴각을 해주시길 바란다는……."

　"그러니까 어떤 작전을 말하는 건가?"

　북리천이 노호성을 터뜨리려는 수뇌들을 말리며 다시 물었다.

　"그, 그게 그러니까……."

　식은땀을 흘린 연횡이 개천회에서 논의된 말들을 전했다.

　애당초 북해빙궁은 가능성이 없기에 환사도문을 움직이는 것으로 결론이 났다. 다만 혹시나 하는 마음에 북해빙궁에도 의사타진을 한 것이었다.

　"개천회에선 패천마궁의 궁주에 오른 풍월이 마련을 장악한다는 것을 기정사실로 하고 있군. 드러난 전력만으로는 상대가 되지 않음에도 그렇게 판단할 정도라니 개천회의 판단도 제법이야."

　북리천의 입가에 놀라움과 비웃음이 뒤섞인 웃음이 지어

졌다.

천하에 북해빙궁보다 풍월의 실력을 제대로 파악하고 있는 곳은 없다고 자부(?)할 수 있었다.

당연했다. 소수의 인원으로 북해빙궁의 든든한 조력자라 할 수 있는 봉황문, 장백파, 천랑단을 초토화시켰고 나아가 북해십천 중 세 명과 여러 호법들이 풍월에 목숨을 잃었으니 모르는 것이 더 이상했다.

비록 하북에서 정무련과 치열한 싸움을 벌이고 있으나 북해빙궁의 이목 또한 전 무림을 향해 있었다. 패천마궁을 공략했던 마련의 정예들이 풍월의 등장으로 일패도지하는 것을 확인한 후, 북해빙궁의 수뇌들은 마련의 미래는 없다고 단정해 버렸다.

"우리가 물러나면 본궁과 대치하고 있던 정무련이 장강 이남으로 시선을 돌릴 여유가 생길 것이고 나아가 패천마궁과 충돌하게 한다는 생각이란 말이지. 흠, 하면 같은 이유로 환사도문에도 제의를 했겠군. 맞나?"

북리천의 물음에 연횡이 침을 꿀꺽 삼켰다.

"그, 그런 것으로 압니다."

"어떤 제의를 했는지 모르겠지만 그놈들 수준이야 뻔하지. 적당한 대가만 지불하면 옳다구나 하고 빠지겠지."

북리천이 코웃음을 쳤다.

그의 말대로였다. 개천회의 제의를 받은 환사도문인 이미 철수를 시작 중이었다.

"그런데 말이야. 이 계획에는 중요한 뭔가가 빠졌어."

"무슨… 말씀이시진요?"

연횡이 불안한 얼굴로 물었다.

"풍월이 마련을 장악하는 것을 당연한 것이라 가정했을 때 개천회는 어째서 패천마궁이 정무련과 충돌할 것이라 단정하는 것이지? 별다른 싸움 없이 패천마궁과 정무련이 공존한 것이 이백 년이 넘는다. 게다가 풍월은 정무련과도 인연이 깊은 인물. 그대들, 개천회라는 적이 있는데 충돌을 한다? 오히려 손을 잡고 개천회를 쫓는 것이 맞는 것 같은데."

"제가 거기까지는 잘……."

금선탈각지계까지는 알지 못하는 연횡은 뭐라 답을 할 수가 없었다. 그 역시 북리천과 같은 의문을 가지고 있었기 때문이다.

"어떤 계획이 있겠지요. 풍월이 흡성대법을 익혔음을 줄기차게 강조한 것도 그 일환이라고 봅니다. 정의맹은 당연한 것이겠고 정무련에서도 그를 무림공적이라 지정한 것을 보면요. 다른 곳도 아니고 패천마궁의 궁주입니다. 그를 무림공적이라 지정한 이상 공존하기는 힘들 것입니다. 물론 개천회란 존재가 걸리기는 하겠지만 그거야 개천회에서 무슨 수를 낼 테니까요."

군사 북리건이 타고 있는 사륜거를 앞뒤로 살짝살짝 움직이며 말했다. 모든 것을 꿰뚫어 보는 듯한 눈빛에 연횡의 몸이 저절로 움찔거렸다.

"그것이 어떤 계획인지는 관심 없다. 확실한 것은 본궁이 이곳에서 물러날 일은 없다는 것이다. 개천회의 제의는 거절한다."

북리천이 담담히, 그러나 더없이 차가운 음성으로 말했다.

연횡은 한마디 말도 하지 못하고 물러설 수밖에 없었다.

*   *   *

시산혈해다.

풍월과 천마대의 움직임을 멈추기 위해 패천마궁을 노리는 마련과 상대적으로 열세인 전력을 가지고 죽을힘을 다해 막는 패천마궁의 싸움이 벌어진 지 벌써 사흘이 지났다.

정예라 부를 수 있는 자들은 삼 년 가까이 이어진 소모적인 싸움에서 대다수가 목숨을 잃었고 몇 남지 않은 인원마저 풍월을 따라 움직인 상황에서 거의 네 배가 넘는 인원을 집중한 마련은 승리를 확신했다.

처음에 기선을 잡은 쪽은 마련이었다.

마련은 패천마궁을 공략하기 위해 반드시 점령해야 하는 요지 대부분을 완벽하게 무너뜨리며 기세를 올렸다.

부족한 병력을 나눌 수 없었던 순후는 패천마궁 자체의 방어에 집중을 한 상황이라 큰 의미는 없었으나 그래도 서전을 승리로 이끈 마련의 사기는 가히 하늘을 찌를 정도. 그들은 단숨에 패천마궁을 무너뜨릴 기세로 노도처럼 몰아쳤다.

하지만 패천마궁도 만만치 않았다.

물러날 곳이 없는 상황인 만큼 그만큼 절박하고 필사적으로 싸웠다.

"죽여랏!"

"공격! 공격하랏!"

"물러나지 마라. 막아라!"

처절한 외침, 울부짖음, 욕설과 함성, 병장기 부딪치는 소리가 곳곳에서 터져 나오고 그만큼 많은 이들이 싸늘한 시신이 되어 쓰러졌다.

"아! 조금만, 조금은 더 버텨줬어야 하는데……."

순후가 피가 나도록 입술을 깨물었다.

적의 주력이라 할 수 있는 중앙 부분, 개떼처럼 밀려오는 적을 혼신의 힘을 다해 막던 잔결방이 결국은 무너졌다.

지난 싸움에서 부상을 당한 풍천황이 부상을 완전히 회복하지 못하고 싸움에 나섰다가 적룡무가의 장로 황염에게 쓰러진 것이 결정적이었다. 정상적인 몸으로도 감당하기 버거운 황염을 맞아 반 시진 가까이 버텨낸 것 자체가 기적이었다.

"결국은……."

순후의 얼굴이 참담하게 일그러지며 탄식했다.

잔결방이 뚫리자 중앙을 통해 침투한 적들이 좌우로 방향을 틀며 힘겹게 싸우고 있던 백골문과 천도림 등을 공격하고 있었다.

철산도문이 합류하여 함께 싸우고 있는 백골문은 그나마 버틸 여력이 있는 것처럼 보였지만 백골문은 상당히 버거워 보였다. 중앙이 무너진 상황에서 백골문마저 와해된다면 반격의 여지 자체가 불가능했다.

지원할 예비대도 없었다. 전황을 되돌릴 수 있는 방법이 없는 지금, 상황은 그야말로 최악으로 치닫고 있었다.

"조그만 더 시간이 있었다면……."

추소기가 이끄는 정예들과 천마대가 회군하여 달려오고 있음을 알고 있는 순후로선 허탈하기 짝이 없는 결과였다.

바로 그때, 좌측 전장에서 이변이 일어났다.

정체를 알 수 없는 무인들이 나타나 마련의 배후를 공격하기 시작했다.

회군하고 있는 아군은 아니다. 그들이 아무리 서두른다고 해도 최소 반나절은 더 기다려야 도착할 수 있었다.

"저들이 누구냐? 빨리 파악해라."

기사회생한 순후가 명을 내렸다.

서둘러 달려가는 수하를 보며 순후는 피가 마르는 듯한 느낌을 받았다.

마련을 공격하는 것으로 보아 적은 아니다. 하나, 아군이라 단정할 수도 없었기 때문이다.

"아, 암향가와 벽력도문입니다."

달려갔던 수하가 환한 얼굴로 달려와 소리쳤다.

"암향가와 벽력도문? 그들이… 아!"

순후의 눈동자에 희열이 깃들었다.

암향가와 벽력도문은 마련에 속하기는 했어도 상당히 중립적인 세력이다. 패천마궁을 공격하라는 마련의 압력을 온갖 핑계를 대며 버텨오기도 했다. 한데 그들이 결정적인 순간 마련이 아닌 패천마궁의 손을 잡은 것이다.

"작은 선의(善意)가 구명줄이 되어 돌아왔구나!"

사실 풍월의 행보를 감안했을 때 암향가와 벽력도문은 이미 멸문지화를 당해야 했다. 하나, 순후는 그들이 마련에 참여하기를 꺼렸다는 것을 강조하며 아량을 베풀 것을 요청했고 순후의 조언을 들은 풍월은 그들을 그냥 지나쳤다.

풍월의 폭풍 같은 행보를 보며 두려움에 떨던 암향가와 벽력도문은 그런 풍월의 배려에 감격하고 또한 마련에 속한 세력들을 압도적으로 쓸어버리는 무력에 경외심을 느끼며 패천마궁으로의 전향을 결심했다. 그런 상황에서 패천마궁의 위기를 알게 되자 곧바로 참전을 한 것이다.

패천마궁을 공격하는 마련의 전력을 감안했을 때 그 또한 쉽지는 않은 결정이다. 하나, 암향가와 벽력도문이 싸움에 끼어든 후, 정확히 반 시진이 지났을 때 패천마궁의 정예들과 따로 움직인 천마대가 반나절은 더 있어야 도착하리란 예상을 깨고 전장에 도착함으로써 결과적으로 훗날, 그들의 선택은 가문과 문파를 지켜낸 신의 한 수라는 평가를 받았다.

* * *

꽝!

화를 참지 못해 내려친 손에 자단목으로 만들어진 탁자가 쩍쩍 금이 가며 부서졌다.

"대체 어떻게 된 거야? 아직도 찾지 못했다는 게 말이 되는 것이냐 말이다."

적룡무가 가주 황익의 분노에 찬 외침이 회의실을 뒤흔들었지만 아무도 입을 열지 못했다. 특히 적룡무가의 정보를 관장하는 황숙은 고개조차 들지 못했다.

"죄송합니다."

"죄송이란 말로 끝날 것이 아니잖아! 사흘이다. 놈이 승마문과 화령보 그 쓰레기 같은 놈들의 항복을 받고 사라진 것이."

"승마문과 가장 인접해 있는 곳이 어디지?"

호법전주 갈휘가 물었다.

호법전은 갈휘처럼 나이가 들어 은퇴한 호법들이 한데 모여 평생 동안 익힌 무공을 연구하며 소일을 하는 곳이다.

전대 가주와 형제의 예를 맺은 호법전주 갈휘는 세가 내에서 누구보다 많은 존경을 받는 인물로서 친우라 할 수 있는 황하교의 죽음에 칠일 동안 곡기를 끊고 슬퍼하다 며칠 전 복수를 다짐하며 일선에 복귀를 했다.

"흑사문입니다."

"흑사문에서도 놈들의 행방을 놓친 것이냐? 혹 놈들에게 항복을 한 것은 아니냐?"

갈휘의 물음에 황숙이 고개를 저었다.

"아닙니다. 다른 곳은 몰라도 흑사문은 패천마궁에 무척이나 원한이 깊은 곳입니다. 싸우다 죽으면 죽었지 결코 항복을 하지는 않을 것입니다."

"쯧쯧, 하나는 알고 둘은 모르는구나."

"예?"

"복수니 원한이니 하는 것도 어느 정도 가능성이 보였을 때

품게 되는 것이다. 놈들은 지난 싸움에서 풍월이란 놈의 압도적인 힘을 보았다. 너라면 과연 대항할 수 있겠느냐? 네 목숨만이 아니라 너와 네 수하들, 수많은 식솔의 목숨이 걸린 상황에서."

"그, 그건……."

황숙이 쉽게 답을 하지 못하자 갈휘가 주변을 돌아보며 말했다.

"같은 상황에서 정말 목숨을 내던져 싸울 수 있는 자가 과연 얼마나 될까. 설사 흑사문은 아니라고 하더라도 얼마나 많은 세력들이 놈들에게 굴복할지 모르는 상황이네. 태생적으로 압도적인 강자에게 머리를 숙이는 것을 부끄럽다고 생각하지는 않을 테니까. 하니 어떠한 상황에서도 안심해선 안 될 것일세."

"옳으신 말씀입니다, 숙부."

황익이 공손히 머리를 숙였다.

"그리고 하나 더. 저 친구와 얘기를 해봤는데 간과하고 있는 가능성이 있었지."

갈휘가 호법전의 말석으로 비록 무공은 명성에 비해 떨어지나 상당히 뛰어난 지략을 지닌 것으로 알려진 호법 해풍량을 가리키며 말했다.

모두의 시선이 자신에게 향하자 씨익 웃은 해풍량이 한 걸음 나섰다.

오 척의 작은 키, 팔이 무릎 아래로 내려온 데다가 얼굴의 반이 수염으로 덮여 있고 걸음걸이마저 뒤뚱거리는 것이 마치 원숭이를 보는 것 같았다.

"간과하고 있다는 것이 무엇입니까, 해 호법?"

황익이 물었다.

"가주께선 놈이 어째서 몸을 숨겼다고 생각하십니까?"

"패천마궁이 공격을 당하면서 수하들 대부분이 회군했습니다. 아무래도 수가 적어졌기에 그런 것이 아니겠습니까."

"그게 가장 일반적인 생각이지요. 기습을 하기에도 좋고. 아마 놈들도 그런 이유 때문에 몸을 숨겼을 겁니다. 흠, 여기서 다시 한번 질문을 해보지요. 하면 놈들이 노리는 곳은 어디라고 보십니까?"

"글쎄요. 지금껏 놈들은 닥치는 대로 공격을 했소. 딱히 어디라고 말하기는……."

순간, 황익의 얼굴이 딱딱히 굳어졌다.

"설마 본가를 노린다는 말씀이오?"

"그건 말이 안 됩니다. 놈들의 동선엔 수십 개의 문파와 가문 등이 있습니다. 게다가 만독방과 풍천뇌가도 있지요. 그들 모두의 이목을 피해 본가를 노린다는 것은 지나친 억측이라고 봅니다."

황숙이 회의적인 표정으로 반박했다.

"네 말도 일리는 있다. 하지만 풍월이란 놈이 몸을 숨겼다는 것을 가볍게 생각해선 안 되지. 지금보다 훨씬 적은 인원으로도 제 동선을 밝히며 북해무림을 박살 낸 놈이다. 이번에도 그렇다. 천마의 후예를 자처하며 당당히 공격하여 박살을 냈지. 그런 놈이 몸을 숨겼다? 이건 심각하게 받아들여야 하는 거다."

"하면 해 호법께선 놈이 몸을 숨긴 이유가 본가를 급습하기 위함이라 보시는 거요?"

"그것이 아니라면 놈의 지금까지의 행동을 고려해 봤을 때 말이 되지 않습니다. 무엇보다 중요한 사실은 현재 마련이 누구 하나가 압도적인 힘으로 휘어잡고 있는 것이 아니라 중구난방으로 흩어져 있다는 거지요. 이런 상황에서 그나마 가장 영향력이 큰 적룡무가를 쓰러뜨릴 수만 있다면……."

"쉽게 마련을 장악할 수 있다?"

"패천마궁의 궁주로서 천마 조사의 후예라는 신분이란 명분까지 얻었습니다. 다들 알아서 무릎을 꿇겠지요."

해풍량의 말이 끝나자 회의실에 알 수 없는 침묵이 찾아들었다.

누구 한 사람 그의 말을 반박하지 못했다.

그들도 본능적으로 느끼고 있는 것이다.

해풍량의 말이 틀리지 않음을, 사라진 풍월이 적룡무가를 노리며 오고 있다는 것을.

"일단⋯⋯."

황익이 짧은 침묵을 깨려 할 때, 어딘가에서 굉음과 함께 큰 진동이 전해졌다.

한 번이 아니라 연속적으로 들려오는 굉음에 모두의 무섭게 굳어졌다.

"허! 그래도 혹시나 했는데 참으로 대담한 놈이로고."

해풍량이 어이없는 웃음을 지을 때 회의실에 모였던 수뇌들은 이미 문을 박차고 있었다.

"끄아아악!"

"크헉!"

끔찍한 비명이 전장을 뒤흔들었다.

스무 명도 되지 않는 소수의 인원임에도 적룡무가의 거대한 정문을 박살 내며 진입한 풍월과 그 일행의 위세는 대단했다. 놀라 달려오는 적들을 향해 가차 없는 살수를 뿌렸다.

귀살문과의 싸움에서 기세 좋게 나섰다가 망신을 당한 황천룡이 이번에도 의욕적으로 앞으로 나섰다. 하지만 지난번과는 달리 자신의 능력이 감당할 수 있는 범위 내에서 신중히 움직였고, 그만큼 활약도 도드라졌다.

유연청 역시 훌륭한 솜씨를 뽐내며 활약을 했다.

근래, 들어 풍월의 과보호(?)로 인해 인상적인 활약을 하지 못했으나 녹림 출신으로서 화평연의 비무대회에 참가를 했을 정도로 뛰어난 재능을 지닌 바, 풍월의 도움에 스스로 뼈를 깎는 노력을 한 덕분에 빛나던 재능이 만개를 하고 있었다.

위지평이 이끄는 밀은단 역시 숫자는 얼마 되지 않지만 패천마궁에서 으뜸으로 꼽히는 실력자들답게 막강한 실력을 과시하며 전장을 휩쓸었다.

특히 위지평의 활약이 돋보였다. 전장을 에워싼 백 명이 훌쩍 넘는 수의 적들은 우왕좌왕 제대로 싸울 엄두를 내지 못한 채 지리멸렬하였다. 위지평, 그의 손에 외부 수비를 담당하는 외당 당주가 목숨을 잃었기 때문이다.

하지만 그런 싸움이 가능한 가장 근본적인 이유는 전장을 묵묵히 가로지르고 있는 풍월 덕분이었다.

천마군림보와 천마탄강을 앞세우며 걷는 풍월.

전신에서 뿜어져 나오는 태산 같은 기세는 적들의 사기를 완전히 짓눌렀고, 어지간한 공격은 아예 근처도 오기 전에 소멸되었다.

게다가 간간이 터져 나오는 천마무적도의 위력은 가히 하늘을 부수고 땅을 가를 정도였으니 적룡무가의 식솔들에겐 그야말로 악몽과도 같은 존재였다.

"멈춰랏!"

가장 먼저 전장에 도착한 장로, 황호증의 외침이 전장을 뒤흔들었다. 그의 외침에 절망적인 표정으로 물러나던 적룡무가 식솔들의 얼굴에 희망이 깃들었다.

비록 무차별적으로 식솔들을 학살하고 있는 풍월의 실력이 괴물처럼 대단하다고는 해도 세가의 어른들이라면 능히 제압할 수 있다고 믿기 때문이었다.

광염혈류마공(光炎血流魔功)을 바탕으로 펼쳐지는 적룡십이세의 절초가 풍월을 향해 맹렬히 쏟아졌다.

한 번의 휘두름에 아홉 개의 변초가 생겨났다.

눈으로 따라가지 못할 정도로 빠르고 날카로웠으며, 변화막측했다.

황호증의 좌측, 찰나의 차이를 두고 호응하는 공격이 펼쳐졌다.

장로 장무다.

혈연으로 얽혀 있는 적룡무가에서 오직 실력으로 장로 자리를 차지했을 정도로 뛰어난 인물이었는데, 그의 절기 통천지(通天指)는 소림의 일지선공에 비견될 정도로 뛰어난 위력을 지녔다.

풍월의 묵뢰가 움직였다.

천마무적도 사초식 천마염.

지옥의 염화보다 뜨거운 열기가 황호증의 공세를 일거에 무력화시켰다.

수십 줄기의 통천지 또한 대부분이 그 열기에 휩쓸려 사라졌으나 몇 줄기의 통천지가 은밀히 파고드는 데 성공했다. 하지만 그 또한 천마탄강에 의해 막히고 말았다.

"으음."

장무의 입에서 나직한 신음이 흘러나왔다.

상상도 할 수 없는 반탄강기에 손가락이 부러질 것 같았다.

실로 가공할 호신강기다.

지금껏 겪어보지 못한 호신강기에 고통보다는 두려움이 일었다.

"괴물 같은 놈! 천마의 후예라더니 허언은 아니었구나!"

장무가 감탄과 질시가 뒤섞인 표정으로 말했다.

풍월은 별다른 대꾸 없이 그들을 바라보았다.

담담한 표정과는 달리 그의 전신에서 뿜어져 나온 기세가 장난이 아니다. 전력을 다해 내력을 운기하여 대항하지 않으면 그 기세만으로 숨통이 끊어질 것 같았다.

"뒈져랏!"

악에 받친 노호성을 토해낸 황호증의 공격이 재차 이어졌다.

적룡번천에서 적룡만파(赤龍萬破), 적룡회륜멸(赤龍回輪滅)로 이어지는 적룡십이세의 절초들.

뒤를 생각하지 않는, 전력을 다해 쏟아붓는 공격이었기에 그 위력 또한 이전과 비할 바가 아니다. 특히 적룡회륜멸은 그동안 실전되었다가 되찾은 비전절초로, 여타 초식들과는 위력 자체가 달랐다.

장무가 쏘아 보낸 한줄기 빛도 풍월에게 향했다.

파천(破天).

모든 내력을 오직 한 점에 집중시켰기에 부수지 못할 것이 없었다.

그뿐만이 아니었다.

뒤늦게 전장에 도착한 갈휘와 호법들도 즉시 싸움에 끼어들었다.

상대가 상대이니만큼 체면 따위를 차릴 여유가 없었다.

일인전승으로 내려오는 제검류(帝劍流)의 마지막 전승자 갈휘의 검이 풍월의 목숨을 노리며 날아들고, 동시에 다른 호법들의 공격 또한 무차별적으로 쏟아졌다.

적룡무가의 수뇌들이 하나가 되어 펼치는 합공이다. 지켜보는 것만으로도 온몸에 소름이 돋을 정도로 압도적인 힘은 초조하게 싸움을 지켜보던 적룡무가의 식솔들에게 희망을 주기에 충분했다.

적룡무가 수뇌들이 일시에 펼치는 공세 속에서도 풍월은

조금도 동요하지 않았다.

너무도 태연해서 아예 싸움을 포기한 사람처럼 보일 정도다.

그런 풍월의 모습에 적룡무가의 식솔들은 환호성을 내질렀고, 밀은단은 불안한 눈길로 풍월을 응시했다.

하지만 잠시 손을 멈추고 뒤로 물러선 황천룡과 유연청은 달랐다. 그동안 풍월과 함께하면서 그가 어느 정도의 실력을 지녔는지 누구보다 잘 알고 있었다.

그들은 지금 보여주는 풍월의 모습이 두려움이 아니라 절대적인 자신감이라는 것을 알기에 일말의 불안감도 품지 않았다.

풍월의 입가에 묘한 미소가 지어졌다.

묵뢰가 움직였다.

빠르지도 느리지도 않은 움직임이다.

단전에서 시작하여 기경팔맥을 휘돌고 있던 천마대공의 폭발적인 힘이 묵뢰를 통해 발출되었다.

묵뢰에서 묵빛 기운이 뿜어져 나오는 순간, 풍월을 갈가리 찢어버릴 듯 엄청난 위세를 뿜내며 날아들던 황호중의 공격이 순식간에 소멸되었다.

"커헉!"

외마디 비명과 함께 허공으로 치솟은 황호중이 오 장여를 날아가 무참히 처박혔다. 그의 입에서 뿜어져 나온 피가 허공을 수놓았다.

황호중의 공격을 단숨에 무력화시킨 기운이 심장을 향해 짓쳐 들던 통천지를 때렸다.

꽝!

거친 폭음과 함께 풍월을 노리던 한줄기 빛이 방향을 틀었다.

충격의 여파를 고스란히 받은 장무의 몸이 거세게 흔들렸다. 입에서 신음이 흘러나왔다.

뇌운보, 단 한 걸음으로 장무에게 접근하는 데 성공한 풍월이 묵뢰를 사선으로 그었다.

일련의 움직임이 너무 빨랐기에 장무는 반응조차 할 수 없었다.

눈앞에서 뭔가가 번쩍인다고 느끼는 순간, 양팔이 허공으로 치솟았다.

"크악!"

장무의 입에서 비명이 터져 나왔다.

그의 몸이 흔들릴 때마다 잘린 팔에서 폭포수처럼 뿜어져 나온 피가 사방에 흩뿌려졌다.

"이놈!"

갈휘의 노호성과 함께 풍월을 향해 수십 갈래의 검강이 쏟아져 내렸다.

황호중과 장무를 제거할 때 생긴 틈을 파고든 공격이기에 무리하게 부딪치는 것보다는 피하는 것이 좋다고 판단한 풍월이 뇌운보를 극성으로 끌어 올렸다.

꽈꽈꽈꽝!

천지를 뒤흔드는 폭음과 함께 가공할 검강이 사방 십여 장을 초토화시켰다.

멀리서 싸움을 지켜보던 이들이 환호성을 질렀지만 이미 다른 곳을 훑고 있는 갈휘의 시선은 결코 좋지 않았다. 그는 풍월이 신묘한 보법으로 자신의 공격을 완벽하게 빠져나간 것을 알고 있었다.

게다가 단순히 빠져나간 것이 아니다.

자신의 공격을 뚫고 들어온 역공이 어깨에 심각한 부상을 안겼다. 설마하니 몸을 피하는 와중에 그 정도의 역공을 펼칠 수 있을 줄은 생각도 못했다.

"정신들 똑바로 차리게. 평생에 다시는 볼 수 없는 강적이네."

갈휘는 흙먼지를 뚫고 다가오는 풍월을 보며 조용히 말했다. 그를 중심으로 좌우로 펼쳐져 있는 호법들은 아무런 대꾸도 하지 못하고 오직 정면만을 응시했다. 풍월이 입을 열 수도 없을 만큼 살벌한 기세를 뿜어내며 다가오고 있었기 때문이다.

　가주 황익이 우두커니 선 채 지그시 눈을 감고 있었다.
　미간엔 송골송골 땀방울이 맺혀 있고 관자놀이를 타고 식
은땀이 흘러내렸다.
　적룡무가의 수뇌들이 적룡무가의 운명을 걸고 풍월과 건곤
일척의 승부를 벌이고 있는 지금, 가주이자 가장 강력한 무력
을 지닌 그가 이렇게 발이 묶인 이유는 간단했다.
　풍월과 그 일행이 적룡무가를 기습적으로 공격했다는 것을
확인하자마자 황익을 포함한 모든 수뇌들이 전장을 향해 달
려갔다.
　하지만 회의실을 빠져나와 전장으로 향하던 황익은 자신을
향해 들이치는 가공할 살기에 그대로 걸음을 멈추고 말았다.
　그를 따라 멈춘 것은 오직 호위들뿐. 전장으로 향하던 장로
들과 호법들 중 누구도 살수의 존재를 눈치채지 못한 것 같았
다.
　황익은 숨어 있는 살수가 풍월의 의제이자 매혼루의 루주
라 알려진 형웅임을 직감했다.
　황익은 노골적으로 살기를 뿜어내는 형웅을 제거하고 움직
여야 할지, 아니면 그대로 무시하고 전장으로 달려가야 할지
를 고민했다.

그런 그의 마음을 알기라도 한다는 듯 황익을 향했던 살기가 호위들에게도 쏘아졌다.

한데 단 한 명의 호위도 형웅이 보낸 살기를 눈치채지 못했다. 그 모습을 보며 황익은 결정을 내렸다.

풍월이 제아무리 강하다고 하더라도 지금 달려간 수뇌들의 실력이라면 최소한 쉽게 무너지진 않으리라. 하지만 형웅처럼 가공할 살수가 미친 듯이 날뛰기 시작하면 피해는 기하급수적으로 늘 수가 있었다.

결정을 내리자마자 그와 호위들에게 향했던 살기가 씻은 듯이 사라졌다.

황익은 의아해하는 호위들을 전장으로 먼저 보낸 후, 형웅의 기척을 찾기 위해 전력을 다했다.

주변엔 딱히 은신할 곳이 많지 않았다. 회의실 앞에 있는 조그만 가산(假山-정원에 꾸며놓은 작은 인공 산)과 가산을 품고 있는 연못, 집무실 주변에 심어져 있는 조경수가 전부였다. 조경수치고는 제법 수령이 있어 크기도 컸고 가지도 무성했으나 은신을 간파하지 못할 정도는 아니었다.

그런데 생각보다 기척을 찾기가 쉽지 않았다. 쉬운 정도가 아니라 아예 감조차 잡을 수가 없었다.

그렇게 시간을 허비한 것이 벌써 일각이다.

황익의 초조감이 극에 이르렀다.

비록 은신을 간파하지는 못했으나 어떤 상황에서라도 살수 따위에게 당하지 않을 자신은 있었다.

문제는, 발이 묶여 있는 상황에서 전장에 어떤 일이 벌어지고 있는지 전혀 알 수가 없다는 것이다. 수뇌들을 굳게 믿고는 있지만 불안감이 싹트는 것은 어쩔 수가 없었다.

고민은 길었으나 결단 후의 움직임은 빨랐다.

언제까지 발이 묶여 있을 수는 없다고 판단한 황익의 신형이 바람처럼 내달렸다.

그 순간, 좌측에서 아홉 자루의 비도가 날아왔다.

황익은 좌측에서 날아든 비도를 보며 헛웃음을 내뱉었다.

비도가 모습을 보이는 것과 동시에 형응의 존재를 간파할 수 있었다.

딱히 어떤 은신술을 펼친 것도 아니다. 그저 사람 몸 하나 겨우 가릴 수 있을 정도의 나무에 몸을 기댄 채 숨어 있었던 것이다.

황익이 몸을 빙글 돌리며 칼을 휘둘렀다.

따따따땅!

칼의 궤적에 따라 그의 몸을 파고들던 비도들이 모조리 튕겨져 나갔다.

단 한 번의 동작으로 자신을 노린 비도를 무력화시킨 황익의 신형이 허공으로 치솟았다.

비도를 날린 형웅의 신형이 나무 뒤로 숨는 것을 확인하곤 그대로 칼을 휘둘렀다.

가공할 강기가 뿜어져 나와 형웅이 숨어든 나무에 작렬했다.

허공으로 치솟은 황익의 신형이 나무 앞에 내려섰다. 하지만 갈가리 찢겨 나간 나무 뒤, 형웅의 존재는 이미 사라지고 없었다.

"쥐새끼 같은 놈!"

황익의 외침에 대답이라도 하듯 한 줄기 기운이 그의 뒤통수로 짓쳐 들었다.

황익의 표정이 확 변했다.

위기라고 느낀 순간 그의 몸은 이미 바닥을 구르고 있었다.

파파팟!

섬뜩한 검기가 황익이 떠난 곳과 그가 구르고 있는 바닥에 내리꽂혔다.

바닥에 깔아놓은 단단한 박석이 모래알처럼 부서져 사방으로 비산하고 그 박석의 파편에 맞은 나무들 곳곳에 깊은 생채기가 남겨졌다. 심지어 부러지는 나무들까지 있었다.

한 번의 숨을 내뱉을 정도로 짧은 시간이었으나 폭풍처럼 몰아친 공격은 황익의 입장에선 생과 사를 오가는 절체절명의 순간이었다.

간신히 공격을 피해 몸을 일으킨 황익의 몰골은 실로 말이 아니었다.

산발한 머리카락은 아무렇게나 흩날리고 의복 곳곳에 박석의 파편이 뚫고 들어가 구멍이 숭숭 뚫려 있었다. 호신강기를 둘러 크게 타격을 받지는 않았으나 그 자체만으로도 큰 충격이었다.

폭풍처럼 몰아친 공격이 끝났을 때 형웅은 또다시 완벽하게 자취를 감췄다.

하지만 심호흡을 하는 황익의 표정은 그다지 어둡지 않았다. 오히려 회심의 미소가 입가를 스치고 지나갔다.

'이번엔 놓치지 않는다.'

형웅의 공격에 바닥을 구르면서도 황익은 형웅에게서 눈을 떼지 않았다.

죽음의 기운을 가득 담은 검기가 뇌신의 창처럼 내리꽂혀도, 암기처럼 날아든 박석이 자신의 의복을 꿰뚫고 들어와도 형웅의 움직임을 놓치지 않았다.

눈으로 쫓지 못하는 상황에 이르러선 잘 벼려진 칼처럼 날카롭게 곤두선 감각이 형웅의 움직임을 쫓았다.

'가산에 숨었더냐?'

황익의 시선이 정면에 있는 가산으로 향했다.

확신에 찬 눈빛이었으나 눈동자 한구석에선 일말의 불안감도 피어올랐다. 어느 순간, 전신의 감각에도 포착되지 않으며 형응의 존재감이 완벽하게 사라졌기 때문이다.

가산엔 크고 작은 암석이 삐죽삐죽 솟아 있고 온갖 꽃들과 나무들이 자라고 있었다. 아주 크다고는 할 수 없는 가산이었으나 워낙 아기자기하게 꾸며진 터라 오히려 은신하기에 더없이 좋은 조건이었다.

나직하게 숨을 내뱉은 황익이 날카로운 눈빛으로 가산을 살폈다. 그 어떤 기척도 놓치지 않겠다는 듯 전신의 감각 역시 극도로 끌어 올린 상태였다.

하지만 천하제일 살수라 인정받는 형응의 존재가 그리 쉽게 파악될 리 만무했다.

문제는 시간이 없다는 것.

황익의 발길이 가산 중앙을 관통하는 좁은 소로로 향했다. 스스로 미끼가 되어 형응을 낚겠다는 의미였다.

'어떠냐?'

이쯤 되면 자존심 싸움이다.

황익은 자신의 의도를 뻔히 안다고 해도 형응이 결코 참지 못할 것이라 판단했다.

한 걸음, 또 한 걸음.

느릿느릿한 걸음으로 가산을 통과하는 황익은 필사적으로 형응을 찾았다. 하나, 형응의 기운은 그 어느 곳에서도 감지되지 않았다.

'그 나이에 천하제일 살수라더니. 과연 대단한 놈이다.'

황익은 진심으로 감탄했다. 동시에 숨통을 옥죄는 두려움도 느꼈다.

전력을 당해 형응의 흔적을 찾고자 노력했으나 형응은 완벽하게 자신의 기척을 감추고 있었다. 아예 처음부터 행방을 몰랐다면 지금처럼 당황하지는 않을지도 몰랐다. 하지만 형응이 가산에 숨어들었다는 것을 파악하고 있기에 오히려 더 답답한 상황이었다.

그러나 답답한 것은 형응 또한 마찬가지였다.

초반의 기습을 성공적으로 끝낸 후, 가산으로 숨어들었다.

한데 황익은 마치 자신의 은신을 이미 파악했다는 듯 망설이지 않고 가산으로 다가왔다.

황익이 고작 일 장여의 거리까지 다가오자 형응은 고민하지 않을 수 없었다.

그들에게 일 장 정도의 거리는 아무런 의미가 없을 정도로 짧은 거리에 불과했다. 찰나의 순간에 목숨을 빼앗을 수도, 그 반대가 될 수도 있었다.

형응의 왼손에는 세 자루의 비도가, 다른 손에는 살황무존이 남긴 살예를 참고해 마련한 검이 들려 있었다. 일반 검보다는 폭이 훨씬 좁고 짧은 것이 마치 꼬챙이를 들고 있는 것처럼 보일 정도였다.

살황마존의 살예를 얻은 이후, 상대의 역량을 완벽하게 파악할 수 있는 감각을 지니게 된 형웅은 황익에게 선공을 주어선 이길 가능성이 없다고 여겼다.

그리고 황익이 일 장 이내로 접근했을 때 형웅은 어쩔 수 없이 선공을 결정했다.

바로 그때, 하늘 위에서 뭔가가 떨어져 내렸다.

지나가던 새가 입에 물고 가던 먹잇감을 떨어뜨린 것인지, 아니면 배설을 한 것인지 모른다.

중요한 것은 그 미세한 소리를 감지한 황익의 시선이 그곳으로 빼앗겼다는 것이다.

형웅은 하늘이 자신을 돕는다고 여기며 손에 든 비도를 날렸다.

살기는 완벽하게 배제가 된 상태다.

바람을 가르는 파공성도 은밀하기 짝이 없었다.

거리가 워낙 짧기에 손에서 떠나는 순간, 비도는 이미 황익의 미간과 목, 단전을 노리며 짓쳐 들었다. 동시에 지면을 박차고 나간 형웅의 검이 황익의 심장을 갈랐다.

형웅은 경악에 찬 황익의 표정을 보며 승리를 자신했다.

그러나 자신이 날린 비도와 검이 허무하게 허공을 가르는 것을 보며 피가 차갑게 식는 것을 느꼈다.

'잔… 상?'

머리가 생각하는 사이 몸은 이미 움직였다.

쫭!

형웅이 서 있던 곳에 가공할 기운이 내리꽂혔다.

간발의 차이로 공격을 피해낸 형웅의 신형이 바람처럼 움직였다.

하지만 목숨을 걸고 형웅을 낚아 올린 황익은 그를 결코 놓칠 생각이 없었다.

쉬쉬쉬쉭!

형웅이 마구잡이로 뿌린 암기가 허공을 수놓았으나 황익의 칼은 조금도 머뭇거리지 않았다.

치명적인 상처를 안길 수 있는 곳으로 날아든 암기는 모조리 쳐내며 사소한 공격은 아예 무시를 했다. 곳곳에서 고통이 밀려들었으나 신경 쓰지 않았다. 오직 형웅의 움직임을 놓치지 않기 위해 전력을 다했다.

"크읍."

형웅의 입에서 나직한 신음이 흘러나왔다.

왼쪽 옆구리에서 고통이 느껴졌다. 살짝 고개를 숙여보니 이미 상당한 피가 흘러내리기 시작했다. 깊은 상처는 아니다. 칼날이 장기까지는 닿지 않았다. 움직이기에도 큰 무리는 없었다.

공격을 성공시킨 황익이 끝장을 내겠다는 기세로 달려들었다.

한 줄기 섬광이 황익을 향해 폭발되었다.

기겁한 황익이 필사적으로 몸을 틀었다.

팔꿈치에서 불에 지진 듯한 고통이 밀려들었다. 자신도 모르게 몸이 주춤거렸다.

간신히 기회를 잡은 형응이 눈 깜짝할 사이에 자리를 이탈하여 몸을 숨겼다.

"빌어먹을!"

형응의 기척을 놓친 황익이 분통을 터뜨렸다.

절로 욕지기가 치밀었다.

목숨을 걸고 얻어낸 천금 같은 기회를 놓쳤다는 생각에 피가 거꾸로 치솟는 느낌이었다.

쿠쿠쿠쿵.

엄청난 진동과 함께 충격음이 전해졌다.

순간, 황익의 표정이 참담하게 일그러졌다.

적룡무가의 수뇌들이 모조리 달려갔음에도 승부가 쉽지 않다는 것을 직감적으로 느낀 것이다.

형응과의 승부를 포기하고 풍월에게 달려가야 할지 아니면 끝까지 형응을 쓰러뜨리고 가야 할지 선택해야 했다. 어느 쪽이든 위험이 있었다.

생각은 길지 않았다.

완벽하게 몸을 숨긴 형웅을 다시금 찾아내기 위해 얼마나 많은 노력과 시간을 기울여야 할지 모른다. 무엇보다 전장의 상황이 영 마음에 걸렸다. 자꾸만 증폭되는 불안감이 가슴을 옥죄어 왔다.

하지만 그런 선택의 시간, 수많은 망설임이 그에게 치명적인 결과로 다가왔다.

황익이 형웅을 포기하고 전장으로 몸을 돌리는 찰나였다.

황익이 헛바람을 들이켰다.

바로 눈앞이다.

가공할 속도로 짓쳐 드는 검이 그의 심장을 노렸다.

최악의 상황이다.

막을 방법도 없었고 몸을 빼기도 늦었다.

최악의 상황이었다. 딱히 막을 방법이 없었다.

"크윽!"

숨이 턱 막히는 듯한 고통이 가슴 어귀에서 밀려들었다.

검이 가슴을 관통하는 순간, 몸을 틀어 목숨을 건졌지만 그래도 치명상이었다.

머뭇거릴 시간이 없었다.

황익이 자신의 가슴을 관통한 검을 낚아챘다.

손아귀에서 피가 주르르 흘러내렸으나 아랑곳하지 않았다.

동시에 형웅을 향해 칼을 내질렀다.

격렬한 움직임에 정신이 아득해졌으나 이를 악물고 고통을 참아냈다.

황익의 고통과 분노가 가득 담긴 공격이 형웅을 향했다.

황익이 자신의 검을 낚아채는 순간 이미 검을 놓고 물러나던 형웅은 가공할 기세로 덮쳐오는 공격을 피하기 위해 몽환비를 극성으로 펼치며 몸을 흔들었다.

목숨을 빼앗지는 못했어도 치명적인 상처를 남겼다.

시간도 자신의 편이다. 굳이 정면 대결을 할 필요가 없었다.

"크아아악!"

황익은 별다른 대항 없이 자신의 공격을 요리조리 피해내는 형웅을 보며 괴성을 내질렀다.

가슴에 박힌 검날을 그대로 분지르고 형웅을 쫓기 위해 전력을 다했다.

황익의 칼에서 쏟아지는 무시무시한 강기가 사방을 휩쓸며 걸리는 모든 것을 초토화시켰다. 하지만 정작 형웅은 그의 공세를 모조리 피해냈다. 물론 충격의 여파로 인해 온몸이 만신창이가 될 정도로 많은 부상을 당했으나 치명적이라 할 수 있는 부상은 단 하나도 없었다.

그리고 어느 시점에 이르러 그토록 강맹했던 공세가 조금씩 사그라들기 시작했다. 호흡도 전에 없이 거칠어졌다.

수세에 몰렸던 형웅의 눈빛이 번뜩인 것은 황익의 공격이 확연히 무뎌진 바로 그 찰나였다.

형웅의 손에 든 검에서 눈부신 광채가 뿜어져 나오기 시작했다.

형웅의 몸이 허공으로 치솟은 검과 하나가 되었다.

"신검합일(身劍合一)?"

황익의 입술이 비웃음으로 뒤틀렸다.

일개 살수 따위가 신검합일이라니, 웃음도 나오지 않았다.

힘주어 칼을 잡았다. 그러고는 적룡마존이 남긴 최후의 무공, 적룡십이세의 마지막 초식이자 내력 부족으로 감히 펼치지 못했던 적룡승천(赤龍昇天)을 펼쳤다.

칼의 궤적을 따라 모습을 드러낸 일곱 마리의 핏빛 용이 형웅을 물어뜯기 위해 입을 벌렸다.

칠룡이 형웅의 검을 물어뜯기 직전, 가공할 속도로 내리꽂히던 검이 수많은 잔상을 만들어냈다.

칠룡이 미친 듯이 춤을 추며 잔상을 집어삼켰지만 모든 잔상을 없애기엔 그 수가 너무 많았다.

칠룡의 이빨을 피해낸 잔상이 지면에 내리꽂혔다.

팍! 팍! 팍!

지면에 부딪친 잔상이 허무하게 사라졌다.

그중에서 단 하나, 수많은 잔상이 허초라면 유일한 실초. 형웅의 모든 힘이 실린 검이 황익의 정수리를 수직으로 관통했다.

비명은 없었다.

머리에서 발끝까지 반으로 쪼개진 황익의 몸에선 그저 뜨거운 피만 흘러내릴 뿐이었다.

"아으으으."

어느새 검과 분리가 된 형웅이 삼 장 밖에서 뒹굴거리며 고통에 신음했다.

검을 쥐었던 양손은 부러져 덜렁거리고, 왼쪽 다리 역시 기묘하게 꺾인 것이 정상은 아니었다.

간신히 몸을 튼 형웅이 멍하니 하늘을 보며 대자로 뻗었다.

"아직은 어림도 없네."

어찌어찌 펼치기는 했으나 아직 제대로 익히지 못한 상태에서 살황마존이 남긴 무공을 극성으로 펼치는 것은 확실히 무리였다. 그래도 적룡무가의 가주를 제거하는 데 성공을 했다는 것에 위안을 삼았다.

그때, 다급한 발소리가 들리며 일단의 사내들이 달려왔다. 황익의 명에 따라 전장으로 향했던 호위들이다.

"가, 가주님!"

황익의 시신을 발견한 호위들의 몸이 그대로 얼어붙었다.

시간이 지나도 황익이 오지 않는 것을 이상하게 여겨 돌아온 호위들. 그들은 눈앞의 믿기 힘든 참상에 말을 잇지 못했다.

황익의 시신을 부여잡고 한참이나 몸부림치던 호위대의 눈에 나무 등걸에 기대어 힘겹게 숨을 몰아쉬고 있는 형웅이 들어왔다.

"네… 놈이냐?"

"살수 따위가 감히!"

"죽여랏!"

형웅은 피눈물을 흘리며 달려오는 호위대를 보며 귀찮다는 듯 손짓하며 눈을 감았다.

제97장

몰락(沒落)

　호위대가 지나온 길에서 검은 그림자가 슬며시 모습을 드러
냈다.

　움직임이 어찌나 은밀한지 호위대 중 누구도 그의 존재를
눈치채지 못했다.

　순간적으로 호위대를 따라붙은 그림자의 손이 움직였다.

　일격필살!

　한 번의 움직임에 한 명의 호위대가 목숨을 잃었다.

　동료의 죽음을 눈치채고 뭔가 대응을 하려 했을 땐 이미
늦었다.

"커헉!"

외마디 비명과 함께 마지막 호위대원의 신형이 그대로 무너져 내렸다.

일곱 명의 호위대가 목숨을 잃는 것은 그야말로 찰나지간, 그들은 형웅의 근처에 제대로 접근도 못 한 채 모조리 숨이 끊어졌다.

"괜찮으십니까, 루주님?"

형웅에게 접근하는 호위대원을 눈 깜짝할 사이에 전멸시킨 그림자, 석첨이 형웅의 곁으로 달려왔다.

"다 봤으면서 뭘 물어. 간신히 버티는 정도지."

"제가 도왔다면 조금 더 쉽게 끝날 수 있었습니다. 루주께서도 이 정도까지 부상을 당하실 필요도 없었고요."

석첨은 형웅의 명으로 황익과의 싸움에 끼어들지 못한 것이 무척이나 불만스러운 것 같았다.

"그럴 수도. 하지만 적룡마존의 무공을 얻은 자다. 누구의 도움도 없이 혼자 꺾고 싶었어. 아무튼."

형웅이 오만상을 찌푸리며 몸을 일으켰다.

"이겼으니까 됐잖아."

형웅은 환히 웃었지만 재빨리 다가와 형웅을 부축하는 석첨은 차마 웃을 수가 없었다.

"크아아아아악!"

찢어지는 비명과 함께 해풍량의 몸이 붕 떠서 날아가 처박혔다.

팔다리가 기괴한 각도로 꺾인 채 바둥거리다 겨우 몸을 일으키는 데 성공한 해풍량은 더 이상 싸울 힘이 없었다. 결국 다시 주저앉은 해풍량의 입에서 어처구니없는 웃음이 흘러나왔다.

"괴물이구나, 진짜 괴물이야!"

해풍량보다 먼저 무장해제가 된 채 처박혀 간신히 명줄만 붙어 있던 호법 청원이 가쁜 숨을 몰아쉬며 말했다.

"어쩌면 천… 마의 현신일 수도."

해풍량이 자신도 모르게 고개를 끄덕였다. 그것이 아니라면 풍월의 강함은 도저히 설명이 되지 않을 정도였으니까.

"이제 끝냅시다."

풍월이 천마대공을 극성으로 운기하며 만신창이가 되었음에도 여전히 적의를 버리지 못하고 있는 갈휘와 적룡무가의 수뇌들을 향해 걸음을 내디뎠다.

갈휘는 가히 태산이 움직인다는 느낌을 받았다.

거대한 폭풍우, 노도처럼 밀려드는 기의 파동에 갈휘와 수뇌들의 몸이 절로 떨렸다.

휘류류류류룽!

일진광풍이 몰아친다.

주변의 모든 공기가 풍월에게 빨려 들어가고 있었다.

"음."

갈휘의 입에서 탄성과 두려움이 혼재한 탄식이 터져 나왔다.

갈휘뿐만 아니라 그와 함께 끝까지 버티는 적룡무가의 수뇌들 또한 같은 심정으로 풍월을 바라보고 있었다. 그들 모두의 뇌리엔 풍월이 지금까지 진짜 실력을 감추고 있었던 것은 아닌가 하는 의심이 들었다.

단지 기세만으로 갈휘와 적룡무가 수뇌들의 기운을 완전히 압도해 버린 풍월. 비로소 천마의 후예이자 천하제일로서의 진면목을 내보였다.

풍월이 천마대공의 막강한 힘을 묵뢰에 집중했다.

우우우우웅!

사위를 휘감는 웅장한 도명과 함께 묵뢰에서 묵빛 강기가 솟구치기 시작했다.

천마무적도 팔초식, 천마뢰다.

"끝이군."

갈휘가 지그시 입술을 깨물며 덜덜 떨리는 손으로 칼을 움켜쥐었다. 수뇌들 또한 같은 심정으로 갈휘의 곁으로 모여들었다.

"쳐랏!"

힘찬 외침과 함께 갈휘가 풍월을 향해 마지막 전력을 쏟아부었다. 적룡무가 수뇌들 또한 일제히 자신이 지닌 최후의 절기를 펼쳐냈다.

풍월에게 향하는 공격 하나하나가 목숨을 건 공격이다. 가히 하늘을 무너뜨리고 태산마저 뒤집어 엎어버릴 만큼 대단했다.

"아!"

싸움을 지켜보던 유연청의 입에서 나지막한 신음이 흘러나왔다.

멀리서 전해지는 힘에 온몸이 전율할 정도로 풍월에게 쏟아지는 공격은 가공했다.

한데 그 공격의 중심에 선 풍월은 미동조차 하지 않았다.

천마탄강이, 묵뢰에서 뿜어져 나오고 있는 기운이 그 모든 힘을 감당하고 있었다.

"하핫!"

풍월의 입에서 힘찬 기합성이 터져 나왔다.

꽈꽈꽈꽝!

뇌성벽력과 함께 묵뢰에서 뿜어져 나온 강기가 온 세상을 환히 밝히며 뻗어 나갔다.

별다른 충돌음도, 그에 따른 충격파도 없었다.

세상엔 오직 묵뢰가 토해내는 벽력음과 사방에서 쏟아지는 공격을 단숨에 무력화시키는 강기의 빛뿐이었다.

"대단… 하구나."

갈휘가 진심으로 감탄한 음성으로 말했다.

무림사에 강한 사람은 밤하늘의 별처럼 많다지만 풍월의 나이에 이만한 성취를 이룬 사람이 과연 있는지 의문이 들었다.

고금제일인이라는 천마 조사도 같은 나이의 풍월에게는 어림도 없을 것 같았다.

주변을 돌아보았다.

풍월을 공격했던 열 명의 수뇌들 중 두 발로 버티고 있는 사람은 오직 자신뿐이었다.

갈휘가 자신의 손에 든 검에 시선을 주었다.

열 살 때 사부로부터 받은 검이다.

입가에 미소가 지어졌다.

검날의 삼분지 일이 날아가고 그나마 이가 듬성듬성 빠져 형편없는 몰골로 변해 버렸지만 최후를 함께하기엔 이만한 것도 없었다.

부러진 검끝에서 눈부신 기운이 흘러나왔다.

주변을 환히 밝히던 빛이 더욱 밝아지는가 싶더니 갈휘의 몸을 완벽히 에워쌌다.

"신검… 합일?"

석첨의 부축을 받으며 전장에 도착한 형응이 깜짝 놀란 얼굴로 소리쳤다.

자신 역시 비슷한 수법으로 황익을 쓰러뜨리지 않았던가.

하지만 뭔가 달랐다.

검과 하나가 되는 것은 비슷했지만 그 운용에서 차이가 있었다.

갈휘의 검이, 그의 몸에서 뿜어져 나온 빛이 풍월에게 접근하기 시작했다.

천마탄강이 격렬하게 저항을 하며 사방에 엄청난 충격파가 휘몰아쳤다.

갈휘가 일으킨 빛은 천마탄강에 부딪쳐 몇 번이고 튕겨져 나왔지만 조금씩 그 영역을 넓혀 갔다.

하지만 거기까지였다.

천마탄강을 뚫어내는 데까지는 성공을 했는지 몰라도 그 과정에서 잃은 것이 너무 많았다.

정작 풍월에게 도달했을 때 빛무리는 희미해져 아무런 위협도 될 수가 없었고, 아무렇게 휘둘러진 묵뢰에 의해 완벽하게 지워졌다.

"커흑!"

갈휘의 입에서 고통스러운 신음이 흘러나왔다.

손에 들고 있던 검은 이미 흔적도 없이 사라진 상태. 전신의 심맥은 모조리 끊어지고 오장육부는 한껏 뒤틀려 버렸다.

중심을 잡지 못하고 털썩 주저앉은 갈휘가 한참이나 피를 토해냈다.

"과연 천마 조사의 후… 예. 참으로 대단… 한 무… 공이었다."

갈휘가 처연한 웃음과 함께 칭찬을 했다.

"고맙소. 노인장의 무공 또한 대단했소이다."

풍월 역시 진심으로 갈휘의 무공을 칭찬했다.

"고… 맙… 군."

그것이 마지막이었다. 갈휘가 입가에 미소를 지으며 고개를 떨궜다.

천마군림! 만마앙복

위지평의 힘찬 선창에 이어 밀은단의 우렁찬 외침이 전장을 뒤흔들었다.

그들의 외침이 더해질수록 적룡무가 식솔들의 사기는 땅에 떨어졌다.

"쳐랏!"

상대의 사기가 말이 아닌 지금이야말로 공격의 적기. 위지평의 입에서 공격 명령이 떨어졌다.

"와아아아!"

우렁찬 함성과 함께 풍월과 수뇌들의 싸움으로 인해 잠시 소강상태를 보였던 전장에 다시금 불이 붙었다.

하지만 승부는 예상보다 빠르게 결정됐다.

애당초 풍월에게 적룡무가의 수뇌들이 모조리 목숨을 잃는 순간, 싸움은 끝이 난 것이나 다름없었다.

사기가 꺾일 대로 꺾인 적룡무가 식솔들의 움직임은 굼떴고 힘이 없었다.

그에 반해 수적으로 완벽한 열세임에도 밀은단원들은 말 그대로 힘이 넘쳤다. 자신들의 실력을 마음껏 펼치며 상대를 유린했다.

몇몇 인물들이 모래성처럼 무너지는 적룡무가를 다시금 일으켜 세우려 노력했으나 풍월이 그들의 행위를 용납하지 않았다.

황천룡과 유연청 또한 지위가 높은 자들만 요격해서 쓰러뜨리니 적룡무가로선 무너진 진영을 수습할 방법이 없었다.

"숙부! 퇴각해야 합니다! 이러다간 아무것도 하지 못하고 몰살을 당합니다."

과거 유연청에게 패해 비무대회 출전권을 빼앗긴 후, 나름 절치부심하여 실력을 쌓아온 황산척이 사실상 유일하게 살아남은 수뇌 황숙에게 달려가 소리쳤다.

"퇴각을 한다고 해도 어디로 간단 말이냐! 본가를 지키지 못하면 아무런 의미도 없다."

황숙이 핏발 서린 눈으로 고개를 저었다.

"하면 이대로 멸문을 당하자는 말씀입니까? 훗날을 도모해야지요. 지금이 아니면 빠져나갈 수도 없습니다."

황산척이 피를 토하는 심정으로 소리쳤지만 이미 눈이 돌아간 황숙은 평소의 냉철한 그가 아니었다.

"안 된다. 형님께서 오실 것이다. 물러서지 마라! 놈들을 막아랏!"

황숙은 형웅의 손에 이미 싸늘한 시신으로 변해 버린 황익에게 일말의 기대를 걸으며 싸움을 독려했다.

황산척은 황숙의 모습에 암담함을 느꼈다.

'큰일 났다. 숙부마저 이성을 잃었어!'

황산척의 시선이 풍월에게 향했다.

수뇌들을 쓰러뜨린 풍월은 본격적으로 움직이지 않았다. 그저 가끔 한 번씩 자신을 향해 접근하는 적들을 향해 손을 쓸 뿐이다.

그럼에도 한 번에 대여섯 명의 식솔들이 허무하게 목숨을 잃고 있었다.

"빌어먹을!"

이대로 가다간 멸문지화를 면할 길이 없었다.

"퇴······."

황산척이 퇴각 명령을 내리려는 찰나, 그를 향해 밀려오는 기운이 있었다.

재빨리 몸을 돌리며 칼을 휘둘렀다.

손아귀가 찌릿했다. 팔을 타고 올라오는 충격이 상당했다.

"오랜만이네."

유연청이 황산척에게 검을 겨누며 웃었다.

황산척의 미간에 주름이 잡혔다. 상대는 자신을 알아보는 것 같은데 기억이 없었다.

"기억 안 나? 화평연, 비무대회."

유연청이 자신의 머리카락을 뒤로 쓸어 넘기며 웃었다.

그녀의 얼굴을 찬찬히 살피던 황산척의 얼굴이 제대로 일그러졌다.

"계집··· 이었냐?"

"놀랐나 본데, 그래도 그렇게 험한 인상을 지을 건······."

유연청은 말을 잇지 못했다.

느닷없이 몸을 돌린 황산척이 뒤도 안 돌아보고 내빼 버렸기 때문이다.

"모두 도망쳐랏!"

황산척의 외침이 전장 가득 울려 퍼졌다.

그의 외침에 막바지에 몰려 있던 적룡무가 식솔들이 저항을 포기한 채 몸을 돌려 도망치기 시작했다.

"쫓아라! 단 한 놈도 살려 보내선 안 된다!"

위지평이 기세를 올리며 소리쳤다.

승리를 눈앞에 둔 밀은단원들이 이에 호응하며 도망치는 적들을 향해 가차 없이 살수를 휘둘렀다.

"그만."

풍월이 속삭이듯 말했다.

미처 날뛰던 밀은단원들의 움직임이 일제히 멈췄다.

도주하는 자들을 쫓던 밀은단원들이 눈 깜짝할 사이에 되돌아와 일제히 도열했다.

"괜찮냐?"

풍월이 곁으로 다가오는 형웅을 보며 물었다.

"예."

"많이 당했네. 생각보다 강했던 모양이다."

"예, 적룡무가가 어째서 패천마궁을 배반했는지 알겠더군요. 정말 강했습니다. 이 정도로 강한 줄 알았으면 형님께 양보하는 것인데 그랬습니다."

형웅이 엄살을 떨자 풍월이 피식 웃었다.

"적룡마존의 후예에게 살황마존의 무공을 시험해 본다고 한 건 너다."

"불만은 없습니다. 그래도 원하는 대로 되었으니까요."

형웅이 어깨를 으쓱거리다 갑자기 밀려든 고통에 미간을 찌푸렸다.

"쯧쯧, 몸조리나 제대로 해라."

혀를 찬 풍월이 위지평과 밀은단을 향해 고개를 돌렸다. 치열한 격전을 펼친 흔적이 몸 곳곳에 보였다. 한데 몇몇의 모습이 보이지 않았다.

풍월이 눈살을 찌푸리자 위지평이 고개를 숙였다.

"여섯이 당했습니다. 죄송합니다, 궁주님."

"여섯이라."

따지고 보면 말도 안 되는 숫자다.

상대했던 적룡무가 식솔들의 숫자가 거의 이백에 육박할 정도다.

이만한 숫자의 적을 상대하면서 목숨을 잃은 인원이 여섯에 불과하다는 것은 실로 기적과도 같은 일이었다. 물론 풍월이 수뇌들을 모조리 쓸어버린 데다가 황천룡과 유연청이 대단한 활약을 펼쳤기에 가능한 일이기는 했으나 밀은단의 선전이 가릴 정도는 아니었다.

"고생했다. 동료들의 시신을 잘 수습해라. 후하게 장례를 치러줄 것이다."

"존명!"

"그리고⋯⋯."

잠시 주변을 돌아보던 풍월이 명했다.

"모조리 불태워라. 적룡무가를 잿더미로 만들어 배신자들의 말로가 어떤 것인지 제대로 보여줘라."

풍월의 명에 자신도 모르게 온몸을 부르르 떨고 주먹을 불끈 쥔 위지평이 적룡무가가 떠나가라 소리쳤다.

"존명!"

＊　　　　＊　　　　＊

잠시 동안 모습을 감췄던 풍월이 적룡무가를 초토화시킨 소식은 삽시간에 전 무림에 퍼졌다.

수라검문이 무너진 이후, 마련의 우두머리 역할을 했던 적룡무가가 잿더미로 변해 버렸다는 것은 사실상 마련이 몰락한 것이나 다름없었다.

만약 풍월의 발목을 잡기 위해 시도한 패천마궁의 공격이 성공을 했다면 그나마 반전의 여지가 있었을지도 모른다. 그러나 그 공격마저 실패로 돌아간 지금, 패천마궁과 마련으로 분열되었던 마도는 다시금 패천마궁의 발아래에 놓이게 되었다.

물론 모든 싸움이 완전히 끝난 것은 아니었다.

적룡무가만큼이나 세를 키우고 있던 풍천뇌가와 만독방이 건재했다. 더구나 패천마궁, 정확히는 풍월이란 적 앞에서 급격히 가까워지고 있었다.

마련 형주분타.

남궁세가를 공격하기 위한 목적으로 만들어진 형주분타엔 풍천뇌가와 만독방의 무인들이 한데 주둔하고 있었다. 뿐만 아니라 풍천뇌가와 만독방을 따르는 여러 문파의 무인들도 함께했기에 그 인원이 수백 명이 넘었다.

하지만 남궁세가를 넘어 장강 이남을 장악할 목적으로 만들어진 형주분타의 규모는 그들을 수용하기에 조금도 부족함이 없었다.

적룡무가의 몰락이 전해진 후, 형주분타에 머물고 있는 각 세력의 수뇌들이 모여 마련의 미래에 대해 의견을 나눴다.

하나, 생각 외로 많은 의견이 나오진 않았다. 패천마궁과 마련은 양립할 수 없는 상황. 어차피 싸우거나 굴복하거나 양자택일만이 남았기 때문이다.

그렇게 별다른 소득 없이 무의미하게 회의가 끝난 그날 밤, 풍천뇌가와 만독방의 수뇌들이 은밀히 회동을 했다.

"어서 오십시오."

뇌명이 자리에서 일어나 환대를 했다.

"보는 눈이 많아 조금 늦었소. 허허! 본방이 다른 이들의 눈치를 봐야 하는 신세가 될 줄은 꿈에도 생각지 못했구려."

만독방주 여하근이 웃으며 말했다.

"하하! 본가 역시 마찬가지입니다. 상황이 이러니 어쩔 수 없지요. 일단 조심해서 나쁠 것은 없다고 봅니다."

"그렇지. 지금이야 우리와 한배를 타고 있다지만 언제 돌아설지 알 수가 없으니."

"확실한 것은 풍천뇌가와 만독방이 한배를 타고 있다는 것이겠지요."

뇌명이 은근한 어조로 말하며 여하근의 눈치를 살폈다. 순간적으로 멈칫한 여하근이 껄껄 웃으며 고개를 끄덕였다.

"맞소. 그것이야말로 의심할 여지가 없는 확실한 사실일 것이오."

"그럴 줄 알았습니다."

마주 웃음을 보인 뇌명이 말석에 앉는 여운교를 힐끗 바라보았다.

"노부의 손녀라오. 제법 총기가 있어 데려온 것이니 이해를 해주시구려."

"물론입니다. 만독방에 뛰어난 재녀가 있다는 것을 제가 잠시 잊고 있었습니다."

"과찬이십니다."

여운교가 공손히 일어나 고개를 숙였다.

"허! 미모 또한 출중합니다."

뇌명의 칭찬에 여운교가 낯빛을 붉히며 앉자 여하근이 껄껄 웃었다.

"고맙소. 어릴 때부터 품에 안고 키운 아이라 그런지 그저 이 늙은이의 눈에만 예쁘게 보인다고 생각했는데, 가주께서 이리 칭찬을 해주시니 남들 눈에도 예뻐 보이는 모양이구려. 허허허!"

"이런 미모의 재녀가 어째서 소문이 나지 않았는지 이상했는데 이제야 그 이유를 알겠습니다. 가주께서 이리 아끼시니 어찌 보면 당연한 것이었습니다. 가주님의 마음은 십분 이해를 하나 잘못하셨습니다. 무림의 젊은 영웅들이 알면 실로 통탄할 일입니다."

"허허! 그게 또 그렇게 되는 것이오?"

"그렇습니다. 자, 그런 의미에서 한 잔 받으시지요. 벌주입니다."

"허허허! 이런 벌주라면 얼마든지 마시겠소."

뇌명과 여하근은 화기애애한 분위기 속에서 가볍게 술잔을 교환했다.

분위기가 어느 정도 무르익었다고 여겨질 즈음 뇌명이 먼저 속내를 드러냈다.

"방주께서는 어찌하실 생각입니까?"

"음."

여하근이 짧은 침음과 함께 잔을 내려놨다.

"패천마궁에 대한 공격은 실패하고 적룡무가가 무너졌습니다. 그 여파가 실로 클 겁니다."

"그럴 테지. 속속 항복을 할 것이고. 대답하기에 앞서 우선 묻고 싶소. 풍천뇌가의 입장은 무엇이오?"

잠시 망설인 뇌명이 단호한 얼굴로 말했다.

"적룡무가와 함께 가장 먼저 반기를 들었습니다. 머리를 숙인다고 해도 쉽게 받아들여 줄 것 같지도 않고, 솔직히 숙이고 싶지도 않습니다. 그러기엔 너무 멀리 왔습니다."

묵묵히 고개를 끄덕인 여하근이 탄식하며 말했다.

"우리 역시 마찬가지요. 조금 늦게 합류를 하기는 했으나 그 이후엔……."

여하근이 쓰게 웃었다.

마련에 합류 이후, 다른 어떤 세력보다 패천마궁에 대한 공격에 열을 올렸던 만독방이기 때문이었다.

"본가는 끝까지 해볼 생각입니다."

"가능하겠소? 스물도 안 되는 인원으로 적룡무가를 무너뜨렸소. 이는 순전히 풍월 그자의 능력이라고 해도 과언이 아닌 터. 솔직히 버거운 상대요."

"혼자는 불가능하겠지요. 하지만 방주께서 도와주신다면

그래도 가능성이 있지 않겠습니까?"

뇌명이 의미심장한 얼굴로 여하근을 바라보았다.

여하근은 쉽게 대답을 하지 못한 채 거푸 술을 들이켰다.

뇌명은 대답을 재촉하지 않았다. 마치 어떤 대답을 할지 알고 있다는 듯 태연하기까지 했다.

거의 일각의 시간이 흘렀을 때, 거칠게 술잔을 내려놓은 여하근이 고개를 끄덕였다.

"좋소. 동참하겠소. 본방 역시 돌아올 수 없는 다리를 건넜다는 건 천하가 아는 일. 치욕적인 선택은 하지 않을 것이오."

뇌명이 벌떡 일어나 허리를 숙였다.

"참으로 힘든 선택을 해주셨습니다. 이 은혜는 결코 잊지 않을 것입니다."

여하근 역시 자리에서 일어나 뇌명에게 마주 예를 취했다.

"은혜랄 것이 있겠소. 어차피 살자고 하는 일이오. 아무튼 잘 부탁하겠소."

"무슨 말씀을요. 저야말로 잘 부탁드리겠습니다."

환한 얼굴로 손을 맞잡은 뇌명과 여하근.

이후의 술자리는 화기애애했다. 물론 그들이 나누는 대화만큼은 여전히 심각했다.

"수라검문에 이어 적룡무가가 무너졌으니 많은 세력들이 흔들릴 것입니다."

"그럴 것이오. 당연한 것이겠지. 강성한 세력은 모조리 박살이 난 셈이니 남은 자들이 취할 태도는 뻔할 터. 아마도 조만간 모조리 무릎을 꿇을 것이오. 이곳에 모여 있는 자들도 완전히 믿을 수는 없소."

"물론입니다."

"후! 걱정이오. 우리에게 힘을 실어줄 곳을 끌어모아야 할 터인데."

여하근의 입에서 한숨이 흘러나왔다.

패천마궁에 대항을 하기로 결정을 내리긴 했으나 마음이 영 편치 않아 보였다.

당연했다. 풍월이라는 고수가 궁주의 지위를 차지한 이상 패천마궁의 힘은 급격히 확대될 것이고, 마련의 힘은 크게 위축되는 것은 불 보듯 뻔한 일이었으니까.

"그래도 무리는 하지 않을 생각입니다. 지금은 열 곳의 어중간한 세력보다는 끝까지 배신하지 않을 하나의 세력이 더 필요하니까요."

"옳은 말이오. 놈들에게 당한 세력을 중심으로 찾아봅시다. 아, 그리고 하나 더. 개천회에선 어느 선까지 우리를 도와줄 수 있는 것이오?"

순간, 뇌명의 얼굴이 딱딱히 굳었다.

"그렇게 놀랄 것 없소. 마련의 탄생에 개천회가 개입한 것은 이미 천하가 다 아는 사실이니까. 게다가 이번 남궁세가 공략에도 그들의 입김이 개입한 것 같은데, 아니오?"

"어찌 아셨… 습니까?"

뇌명이 흔들리는 눈빛으로 물었다.

"남궁세가 공격을 반나절 앞두고 갑자기 취소가 되었을 때 뭔가 이상하다고 느꼈소. 지금과 같은 상황에서 풍천뇌가가 아무런 상의도 없이 일방적으로 결정한다는 것은 쉽지 않은 일이었으니까. 게다가 그때는 적룡무가도 건재했을 때였고. 그리고 지금, 가주를 만나면서 확신했소. 풍천뇌가나 본방이나 패천마궁과 양립할 수 없는 것은 분명 사실이오. 하지만 가문의 운명이 걸린 일을 이토록 빨리 결정할 수 있다는 것은 분명 그만한 이유가 있다고 말이오."

"고작 그런 이유로 본가가 개천회의 말을 따르고 있다고 판단하셨단 말씀입니까?"

뇌명이 어이가 없는 얼굴로 물었다.

"오해는 하지 마시오. 풍천뇌가가 개천회의 말을 따르고 있다는 생각은 하지 않소. 그저 서로에게 이익이 되는 일을 주고받는 관계 정도로 생각하고 있소. 아니오?"

여하근이 뇌명의 얼굴을 직시하며 물었다.

짧게 침묵하던 뇌명이 고개를 끄덕였다.

"맞습니다. 개천회, 그자들이 개입된 것은 틀림없는 사실입니다."

순간, 짧은 소요가 일었다. 특히 만독방 수뇌들의 동요가 컸다. 그들 대부분의 시선이 말석에 앉아 있는 여운교에게 향했다.

개천회의 개입을 간파한 인물이 여운교임을 직감한 뇌명이 그녀를 지그시 바라보며 말했다.

"그자들이 요청했지요. 남궁세가를 공격하지 말라고. 지금은 서로의 전력을 지켜내야 할 때라고요."

*　　　　　*　　　　　*

땅거미가 내려앉았다.

남궁세가 정벌이라는 이름하에 대부분의 식솔들이 떠난 지금, 사방 십 리를 아우르는 거대한 규모의 풍천뇌가에는 적막감만 가득했다.

아들에게 유폐되다시피 한 전대가주 뇌량은 세가의 북쪽, 작은 연못에 연등을 띄워 놓고 홀로 술잔을 기울이고 있었다.

"안주도 없이 그렇게 독주를 마시다간 큰일 납니다."

갑작스레 들려온 음성에 흠칫 놀란 뇌량이 천천히 고개를 돌렸다.

어둠 속에서 천천히 모습을 드러내는 사람은 다름 아닌 풍월이었다.

"허허! 누군가 했더니 패천마궁의 애송이 궁주로구나. 어서 오너라."

뇌량이 환한 미소를 지으며 손짓했다.

"애송이란 말은 좀 그러네요."

"이놈아! 네놈이 아무리 날뛰어도 노부의 눈에는 애송이일 뿐이야. 천둥벌거숭이 같은 녀석!"

뇌량이 처음 풍월을 만났을 때를 떠올리며 웃었다.

"흐흐흐! 제게 그런 말을 하는 사람은 천하에 오직 영감님 뿐일 겁니다."

뇌량 옆에 털썩 주저앉은 풍월이 조그만 술독을 내려놓았다. 뇌량이 황당한 눈으로 바라보자 풍월이 씨익 웃었다.

"아무래도 부족할 것 같아서 적당히 챙겨왔습니다. 한 잔 받으시지요."

풍월이 술독에 동동 떠다니는 표주박에 술을 가득 담아 내밀었다. 그리고 그 역시 다른 표주박에 술을 가득 떴다.

뇌량이 벌컥벌컥 술을 들이켜자 풍월은 노릇하게 구워진 꿩 고기를 쭉쭉 찢어 건넸다.

"간을 제대로 하지는 않았지만 그래도 드실 만할 겁니다."

"그래, 잘 구워졌구나."

기꺼운 마음으로 고기를 씹던 뇌량이 문득 뒤를 돌아보며 물었다.

"한데 혼자 온 것이냐? 다른 사람은… 설마?"

뇌량은 풍월과 그의 수하들이 공격했던 문파들을 초토화시켰다는 것을 떠올리며 눈을 치켜떴다.

"저 혼자 왔습니다. 그리고 걱정하시는 일은 없을 테니 신경 쓰지 마십시오."

뇌량이 그제야 안도한 눈빛으로 표주박에 술을 채웠다.

"수하 놈들이 가만있더냐? 풍천뇌가는 패천마궁을 배반한 주범이다."

뇌량이 씁쓸한 얼굴로 말했다.

"쓸데없는 걱정입니다. 전대 궁주께서 영감님 덕분에 목숨을 건지신 걸 모르는 자는 없습니다. 게다가 주범이라 할 수 있는 자들은 모두 세가를 떠났지 않습니까?"

풍월이 웃으며 말을 이었다.

"그들과의 관계가 어찌 정립될지는 뭐라 단언할 수는 없지만, 이곳 본가가 해를 입는 경우는 결코 없을 겁니다."

"그래, 고맙… 구나."

뇌량이 떨리는 음성으로 말하며 술을 들이켰다.

풍월은 말없이 안주를 건넸다.

두 사람은 별다른 말없이 술독을 비워갔다.

어느새 모습을 드러낸 달빛이 연못에 뛰어들었을 때 뇌량이 조용히 물었다.

"그 친구는 어찌 갔다냐?"

"편히 가셨습니다."

한마디로 답했다.

풍월은 당시 독고유와 나누었던 대화를 떠올리며 쓸쓸한 얼굴로 술을 들이켰다.

"다행이구나."

고개를 끄덕인 뇌량 역시 묵묵히 술만 찾았다.

다시금 이어진 침묵. 이번에도 침묵을 깬 것은 뇌량이었다.

"한데 무슨 생각으로 궁주의 자리를 허락한 것이냐? 과거에 궁주와 예전부터 이런 얘기를 나눈 적이 있었다. 그 친구는 이미 한참 전부터 너를 자신의 후계자로 생각하고 있었지."

"그랬습니까?"

풍월이 조금은 놀란 얼굴로 되물었다.

"그래, 결론은 불가능하다였지만. 당시의 너는 어떤 권력이나 자리에 연연하지 않았으니까. 오히려 귀찮아했지."

"흐흐! 제가 그랬지요. 사실 지금도 좀 그렇습니다."

풍월이 괴소를 흘리며 술을 들이켰다.

"그러니까. 솔직히 네가 그 친구의 뒤를 이어 패천마궁의 궁주가 되었다는 말을 듣고 조금은 놀랐다. 그러고는 한참이나 웃었지. 궁주에게 아주 제대로 엮였구나 하고 말이다."

"딱히 엮인 건 아닙니다. 패천마궁이 이대로 무너지는 것을 볼 수도 없었고, 또 제가 필요해서 받아들인 것이니까요."

"필요해서라면… 개천회 때문이더냐?"

개천회를 언급하는 뇌량의 얼굴에 은은한 노기가 드러났다.

"예, 개천회가 암약하고 있는데 조금이라도 힘을 모아야 할 필요가 있어서요."

"네 생각이 옳다. 애당초 패천마궁이 이 꼴이 난 것도 놈들 때문이지. 그러고 보면 너나 그 친구의 낯을 볼 면목이 없다."

뇌량이 한숨을 내쉬며 술을 퍼마셨다.

"풍천뇌가도 개천회와 교감을 한 것으로 압니다. 얼마나 깊이 관계된 것입니까?"

풍월이 조심스레 물었다.

"명령을 받거나 종속적인 관계는 아니다. 이건 틀림없어."

뇌량의 단언에 풍월이 회의적인 표정을 지었다.

"흠, 그렇다고 하기엔 풍천뇌가의 움직임이 너무 적극적이어서요."

"그건 어쩔 수 없다. 놈들이 제시한 당근이 그만큼 유혹적이었으니까. 노부라 하더라도 흔들릴 수밖에 없는 그런 절대적인 유혹이었다."

"그 정도입니까? 놈들이 대체 어떤 제안을 했기에……."

"뇌정마존 조사님의 무공."

뇌량의 손에 들린 표주박이 산산조각이 나 흩어졌다.

"개천회가 적룡무가를 도와 패천마궁을 배반하는 대가로 제시한 것이다."

"아!"

풍월의 입에서 절로 탄성이 터져 나왔다.

풍천뇌가에게 뇌정마존의 존재는 그야말로 절대적. 자신도 흔들릴 만하다는 뇌량의 말이 바로 이해가 되었다.

"적룡무가도 놈들을 통해 적룡마존의 무공을 얻었다고 들었다. 그동안 평화가 너무 오래 지속되었어. 그만큼 억눌렸던 욕망들도 많았고. 바로 그 욕망이 팔대마존의 무공을 계기로 폭발했다고 해도 과언은 아닐 것이다. 그것을 적절하게 써먹은 것이 바로 개천회고."

"해서 패천마궁을 지켜야 했습니다. 놈들의 의도대로 흘러가게 할 수는 없었으니까요."

"그래, 잘 생각했다. 어쨌거나 마련을 박살 냈으니 그 친구가 당부한 일 하나는 해결하였구나."

"아직 온전히 끝나지는 않았습니다. 이제 시작이지요."

풍월의 말에 뇌량의 안색이 살짝 어두워졌다. 마련의 핵심 세력이었던 풍천뇌가와 만독방이 아직은 건재하다는 것을 의식한 것이다. 더구나 풍천뇌가는 자신의 가문이었다.

"적룡무가가 무너졌으니 이제 다들 네게 굴복해 올 것이다. 몇몇 어리석은 종자가 끝까지 버틸 수는 있겠지만 대세는 거스를 수가 없겠지. 월아."

"예, 어르신."

"행여나 노부 때문에 망설이지 마라."

"……"

"개천회에 영혼을 팔고 패천마궁을 배신하면서 녀석들의 운명은 이미 결정되었다. 사소한 의리나 정 때문에 망설이는 일은 결단코 없어야 할 것이다."

풍월은 뇌량의 얼굴을 가만히 바라보았다. 그러고는 천천히 고개를 끄덕였다.

"예, 약속드리겠습니다."

"그리고 하나 더."

뇌량이 단호한 얼굴로 말했다.

"개천회 놈들 말이다. 무슨 수를 쓰더라도 반드시 말살을 시켜라."

씨익 웃은 풍월이 자신의 표주박에 술을 가득 담아 뇌량에게 건넸다.

"물론입니다."

 *   *   *

"결국 이렇게 되었구나."

사마용이 보고서를 구기며 한숨을 내쉬었다.

"실로 대담한 놈일세. 그 인원으로 적룡무가를 칠 생각을 하다니 말이야."

위지허가 혀를 내두르며 말했다.

"병신 같은 놈들! 대체 어찌 대처를 했기에!"

외지로 돌다 오랜만에 회의에 참여한 오장로 주요성이 분통을 터뜨렸다.

"그만큼 압도적인 무위를 보여줬다는 것이겠지. 보고에 따르면 적룡무가의 수뇌들이 일제히 놈을 합공했는데도 감당하지 못했다고 했네. 솔직히 이 정도의 실력이라면……."

위지허는 차마 말을 잇지 못하고 탄식했다.

"이건 정말 심각한 문제입니다. 적룡무가와의 싸움에서 그의 실력이 우리가 예측한 것을 또다시 벗어나 버렸습니다. 제가 확인한 바에 따르면, 정확히 일선에서 은거한 것으로 알려진 태상호법 갈휘를 비롯하여 적룡무가를 대표하는 수뇌들 열한 명이 그를 합공했습니다. 결과는 몰살. 그에 반해 풍월 은 별다른 부상도 당하지 않았다고 합니다. 과거를 돌아봤을 때 이 정도 무위를 보여준 사람은 가깝게는 검황이 있었고, 그 위로 찾아보면 천마뿐입니다."

사마조의 말에 사마용이 코웃음을 쳤다.

"검황은 거론할 필요가 없다. 당시 무림의 수준과 지금은 비할 바가 아니니까. 당대의 검황만 봐도 알 수 있지. 츱, 지금 껏 그런 검황의 후손 따위에게 시달린 것이 부끄럽군."

"배부른 투정이지. 천마동을 찾는 과정에서 팔대마존과 우 내오존의 무공을 일부 얻었기에 망정이지, 그렇지 않다면 검 황의 무공은 여전히 두려워하고 경계해야 할 정도로 대단한 것일세."

위지허의 핀잔에 사마용이 쓴웃음을 지으며 고개를 끄덕였 다.

"그건 그렇지. 검황의 무공을 상대할 수 있었던 것은 팔대 마존이나 우내오존의 수준에 이른 무공뿐이었니까."

"어쨌거나 두렵군. 지금 상황을 살펴보면 천마의 재림이나 다름없어. 놈을 어찌 상대해야 할지 감도 잡히지 않아."

위지허의 말에 주요성이 목소리를 높였다.

"그런 천마 역시 제자들의 반기로 역사 속에서 사라졌습니다. 열 명이 부족하면 스무 명, 삼십 명을 동원하여 놈을 쓰러뜨리면 그만입니다."

주요성의 말에 곳곳에서 웃음이 터져 나왔다. 하지만 딱히 반발이 나오지는 않았다. 어찌 보면 억지스러운 주장이라고 폄훼할 수도 있으나 그것 말고는 당장 풍월을 상대할 방법이 없었기 때문이다.

"장로님 말씀이 맞습니다. 지금 당장은 물량 공세밖에는 답이 없을 것 같습니다. 다만 그만한 피해도 감수해야 하는데 무엇보다 우리가 그런 피해를 입는 것만큼은 절대적으로 피해야 합니다."

사마조의 말에 사마용이 탄식하며 물었다.

"금선탈각지계, 결국 그 방법뿐이라는 것이냐?"

"예, 본회의 피해를 최소한으로 줄이면서 놈을 제거할 수 있는 방법은 그것뿐입니다."

십이장로 한소가 사마조의 의견에 힘을 실었다.

"궁극적으로 패천마궁뿐만 아니라 정무련의 힘도 약화시키는 것이니 어찌 보면 가장 좋은 방법이라 할 수 있습니다."

"놈이 적룡무가를 무너뜨리기 전부터 마련에 속했던 무수한 세력들이 패천마궁에 굴복하기 시작했습니다. 적룡무가가 사라진 지금, 마련이 놈들에게 흡수되는 것은 시간문제입니다. 서둘러야 합니다."

"풍천뇌가와 만독방이 건재하다. 남궁세가를 공략하기 위해 형주에 모인 다른 세력도 만만치 않고."

위지허의 반론에 사마조가 단호히 고개를 저었다.

"시간을 지연시킬 수는 있겠으나 대세를 거스르진 못합니다. 당장 그곳에 모인 자들끼리도 반목하기 시작할 것입니다. 그래도 한 손 거들 수는 있을 테니 그자들의 힘이 조금이라도 남아 있을 때 일을 시작해야 합니다."

"하나, 무턱대고 시작할 수는 없는 터. 준비는 어찌 되고 있느냐?"

사마용이 물었다.

"환사도문은 제안을 받아들였습니다. 아마 지금쯤이면 이미 퇴각을 시작했을 겁니다. 다만 북해빙궁은 본회의 제의를 거절했습니다."

사마조의 안색이 어둡자 사마용이 손을 내저었다.

"어차피 예상했던 일이니 심란해하지 마라."

"예."

사마용의 시선이 한소에게 향했다.

"하오문은 완전히 정리가 되었나?"

"중원의 모든 분타와 더불어 하오문과 연관된 자들 대부분을 쓸어버리는 데 성공했으나 문주와 핵심 수뇌들을 잡지는 못했습니다. 놈들이 숨어든 곳의 결계가 워낙 견고하여."

"염 호법까지 포기를 했으니 어쩔 수 없는 일이겠지. 하지만 놈들이 몰래 빠져나오는 일은 없어야 할 것이네."

"명심하겠습니다."

깊숙이 고개를 숙여 대답하는 한소의 이마에서 식은땀이 흘러내렸다.

"문상."

사마용이 이름이 아닌 지위로 사마조를 불렀다.

"예, 회주님."

"금선탈각지계를 시작해라."

"명을 받들겠습니다."

벌떡 일어난 사마조가 공손히 명을 받을 때였다.

회의실의 문이 벌컥 열리며 젊은 사내가 뛰어들었다.

"이게 무슨 소란이냐?"

어쩌면 개천회의 운명을 결정하는 순간, 느닷없이 찾아든 불청객에 사마조가 불같이 화를 냈다.

"외, 외당 소속 문정이 회, 회주님을……."

사마조가 그의 말을 잘랐다.

"무슨 일이냐고 물었다."

"외, 외당 당주께서 보내셨습니다."

"외당 당주가? 이 밤중에 무슨 일이기에."

"소, 손님이 찾아왔다고 전하라 하셨습니다."

"손님?"

"그렇습니다."

손님이란 말에 주요성이 어처구니없다는 얼굴로 호통을 쳤다.

"멍청한 놈! 적당히 물리면 될 것이지. 지금이 어떤 때인데 손님 타령이란 말이냐?"

가만히 손을 들어 주요성을 침묵시킨 사마용이 창백하게 질린 얼굴로 서 있는 문정을 향해 물었다.

"외당 당주가 너를 보냈다면 그만한 이유가 있을 터. 어떤 손님이더냐?"

"그건 정확히 알 수 없습니다만 그자는 이곳이 개천회의 총 단임을 정확히 알고 있었습니다."

"뭣이라?"

사마용의 백미가 거칠게 꿈틀거렸다. 동시에 회의실에 앉아 있던 자들 역시 경악을 금치 못했다.

"누구냐? 누구길래 이곳을……."

"얼굴은 확인했느냐?"

"다른 놈들은? 혹 외부에 숨어 있는 자들은 확인했느냐?"

문정을 향해 온갖 질문이 쏟아졌다. 하지만 문정이 아는 것은 거의 없었다.

"그만. 모두 입을 다물라."

사마용의 외침에 회의실의 소란이 일시에 가라앉았다.

"손님이 찾아왔으면 응당 대접을 해야지. 외당 당주에게 전해라. 정중히 모셔 오라고. 어떤 손님인지 모르니 네가 함께 다녀오너라."

사마용은 혹여 모를 불상사에 대비하기 위해 검우령을 함께 보냈다.

문정과 검우령이 밖으로 나간 후, 회의실엔 깊은 적막감이 찾아들었다.

잠시 후, 차분한 발소리와 함께 검우령이 회의실에 모습을 드러냈다. 모두의 시선은 검우령을 따라 회의실에 들어오는 손님에게 집중됐다.

머리에 두건처럼 쓴 망사 때문에 얼굴은 알아볼 수 없었지만 검은색 경장에 육감적인 몸매는 한눈에 봐도 여인이라는 것을 알 수가 있었다.

"급작스러운 방문임에도 이리 환대를 해주셔서 감사드립니다."

여인이 사마용을 향해 공손히 머리를 숙였다.

"찾아온 손님을 내칠 만큼 인정이 없지는 않소."

너털웃음을 흘린 사마용이 이내 표정을 굳히며 물었다.

"한데 누구시오? 어떻게 우리를 알고 찾아온 것이오?"

여인이 얼굴을 가리고 있던 망사를 천천히 넘겼다.

곳곳에서 탄성이 터져 나왔다.

눈이 부실 정도로 아름다운 얼굴이다.

길게 늘어진 머리카락이 얼굴의 반을 가리고 있지만 그것이 오히려 그녀의 얼굴을 신비하고 매력적으로 만들었다. 하지만 그곳에 모인 이들 중 그녀의 얼굴을 알아보는 사람은 단한 명도 없었다.

여인이 환한 미소를 지으며 말했다.

"소녀, 당령. 개천회주께 인사드립니다."

아무도 반응하지 못했다. 그저 멍한 얼굴로 요염한 미소를 짓고 있는 당령을 바라볼 뿐이었다.

"호호호! 다들 놀라셨나 보네요."

당령의 교소에 그제야 퍼뜩 정신을 차렸다.

"놀라지 않았다면 거짓말이겠지. 앉으시오."

사마용의 말에 그녀를 위한 자리가 황급히 만들어졌다.

"감사합니다."

살짝 고개를 숙인 당령이 자리에 앉았다. 너무도 편안하고 태연스러운 그녀의 행동. 당령의 대담함에 다들 놀라움을 감추지 못했다.

"당가의 가주께서 이 먼 곳까지 방문을 한 것이오? 아니, 그보다 어찌 이곳을 찾아올 수 있었던 것이오?"

사마용이 궁금함을 참지 못하고 물었다.

"쉽지는 않았습니다. 찾느라 꽤나 고생했지요."

빙긋이 웃은 당령이 자신 앞에 놓인 따뜻한 차를 가만히 들이켰다. 적진 한가운데 찾아와서 아무런 경계도 없이 차를 마시는 그녀의 행동에 몇몇이 탄성을 터뜨렸다.

"어찌… 아! 제가 아무런 의심도 없이 차를 마시는 것이 이상한 모양이군요."

"아무리 대범한 사람이라도 본능적으로 경계를 하게 마련이니까요."

사마조의 말에 당령이 웃음을 터뜨렸다.

"개천회에서 힘들게 찾아온 손님에게 다른 짓을 할 리도 없다고 생각했거니와, 설사 했다고 하더라도……."

좌중을 둘러본 당령이 싱긋 웃으며 말을 이었다.

"상관은 없으니까요."

곳곳에서 탄성이 터져 나왔다. 그제야 기억한 것이다.

갑작스러운 방문으로 인한 혼란스러움과 아름다운 얼굴 때문에 잠시 잊고 있었지만 그녀가 천하 독의 조종이라 불리는 당가의 가주라는 것, 더불어 독중지성의 경지에 올랐다는 것을.

"본회는 찾아온 손님에게 암수를 쓸 정도로 치졸하지는 않소. 하니 걱정 말고 드시구려."

"감사합니다."

당령이 사마용을 향해 예의바른 미소와 함께 살짝 고개를 숙였다.

"다시 묻겠소. 어찌 찾은 것이오?"

"회주께선 제가 추망우의 노리개로 지냈던 것을 아시겠지요?"

순간, 사마용의 미간에 살짝 주름이 잡혔다.

과거엔 전혀 알지 못했다. 하지만 추망우의 죽음과 당령이라는 존재에 대해 조사를 하는 과정에서 그녀가 추망우에게 어떤 취급을 당했는지 너무도 잘 알게 되었다.

다만 당령이 여인으로서 견디기 힘든 치욕적인 일을 당했다는 사실을 많은 이들 앞에서 거리낌 없이 밝힐 줄은 예상하지 못했기에 놀란 것이다.

"과거 추망우와 그의 수하들이 접촉한 자들을 역으로 추적했지요. 다들 어찌나 입이 무거운지 쉽지가 않았습니다. 게다가 점조직으로 되어 있어 실체에 접근하기도 어려웠고. 뭐, 결국은 이렇게 회주님과 마주하는 영광을 갖게 되었지만요."

당령은 웃으며 말했지만 듣고 있는 자들은 그럴 수가 없었다. 특히 사마조와 한소의 표정이 어두웠다.

"그대의 말대로 쉽지 않은 일이었을 텐데 참으로 대단하오. 한데 이렇게 찾아올 생각을 하다니, 위험하다는 생각은 하지 않은 것이오? 아니면 어떠한 일이 있더라도 감당할 수 있다는 자신감 때문이려나."

사마용의 입매가 살짝 뒤틀리는 것을 본 당령이 손에 든 찻잔을 내려놓고 입을 열었다.

"자신감이라고 하기엔 뭣하지만 몇 가지 준비를 한 것은 있습니다."

당령이 품에서 큼지막한 주머니 하나를 꺼내 들었다.

"아시는 분이 계실지 모르겠지만 염왕사라는 것이지요. 자체로도 무서운 무기지만 제 능력과 합쳐지면 그 능력은 배가 된답니다."

당령이 웃으며 주머니를 흔들자 다들 긴장한 표정이 역력했다. 무림 삼대금용암기, 염왕사라는 이름이 주는 위협감은 그만큼 대단했다.

"염왕사라… 대단한 물건이긴 하지. 하지만 그것이 그대의 목숨을 지켜줄 수는 없을 텐데."

"알고 있습니다. 하지만 그리되면 최소한 팔 할 이상은 살아남지 못할 겁니다. 물론 이곳에 계신 분들뿐만 아니라 밖에 있는 모두를 포함한 수치입니다."

"……."

사마용은 아무런 말 없이 지그시 당령을 노려보았다. 당령은 자신을 짓누르는 엄청난 위압감에 놀라면서도 처음의 자세를 그대로 유지했다.

"준비한 것이 염왕사뿐만은 아닌 것 같군."

"정확히 한 시진 후, 정무련과 정의맹, 패천마궁에 한 장의 서찰이 도착하게 됩니다. 서찰엔 그동안 제가 밝혀낸 개천회에 대한 모든 정보가 적혀 있습니다."

사마용의 눈동자 깊은 곳에서 기광이 스쳐 지나갔다. 당령이 정의맹을 언급한 순간, 그녀가 개천회의 실체까지 접근하지는 못했다는 판단을 할 수가 있었다. 한결 마음이 편해졌다.

"꼬리를 자르는 것은 그리 어렵지 않은 일이다."

"꼬리조차 보지 못하고 있던 이들에겐 추격의 단초가 될 수 있겠지요."

"그럴 수도. 그래서, 가주께서 원하는 것이 무엇인가?"

사마용의 말투가 변했다. 그것을 느낀 당령의 얼굴에 환한 웃음이 피어났다.

"적의 적은 동지라는 말이 있지요."

"적의 적이라. 그렇군. 가주 또한 우리만큼이나 놈과 악연이 있지."

당령과 풍월의 악연을 떠올린 사마용이 너털웃음을 터뜨렸다.

"놈이 적룡무가를 무너뜨렸다는 소식을 들었습니다. 패천마궁이 과거의 힘을 되찾는 것은 시간문제입니다. 회주께선 어떤 대책을 갖고 계신지요?"

당령이 물었다.

"허허! 아직 그걸 말해줄 정도는 아닌 것 같소만."

"제가, 당가가 돕겠습니다."

"당가가? 그게 가능하겠소?"

사마용이 놀란 얼굴로 물었다.

"그것이 가능하도록 이미 손을 쓰고 계시지 않았습니까?"

"글쎄, 무슨 말을 하는 것인지 모르겠소."

사마용이 딴청을 피우자 당령의 눈동자 깊은 곳에서 스산한 살기가 찰나간 나타났다 사라졌다.

"놈이 흡성대법을 익혔다는 것을 부각시켜 정무련과의 관계를 끊어 놓았지요. 또한 당장에라도 남궁세가를 공격할 것처럼 움직이던 풍천뇌가와 만독방이 어찌 된 일인지 갑자기 움직임을 멈췄더군요. 제 생각엔 개천회의 의중이 깃든 것 같습니다만."

"계속해 보시구려."

"환사도문도 물러났지요. 어떤 징후도 없었기에 그들의 갑작스러운 철수는 참으로 의아한 점이 많습니다. 제 판단으론 환사도문을 철수시킴으로써 서북무림의 힘이 남쪽으로 움직일 수 있도록 유도한 것으로 보입니다만."

"흠, 그럴 수도."

사마용은 긍정도 부정도 하지 않았다.

"일련의 움직임으로 보아 개천회에선 놈이 이끄는 패천마궁과 정무련을 충돌시킬 생각인 것 같습니다. 어쩌면 풍천뇌가와 만독방, 정의맹까지 연합하여 참여할 수 있겠군요. 이게 제 판단입니다만, 아닌가요?"

질문을 던지는 당령의 맹랑한 모습을 빤히 바라보던 사마용이 허탈한 웃음을 지었다.

"허허! 나름 드러나지 않게 움직인다고 움직인 것인데 가주가 단숨에 알아차릴 정도라면 꽤나 허점이 많았던 모양이구려."

"일련의 흐름을 알면 누구나 유추할 수 있는 사실이지요. 다만 이해가 안 가는 것이 있습니다."

"그게 무엇이오?"

"일련의 과정이 너무 노골적입니다. 패천마궁이나 정무련이나 개천회의 존재에 대해서 알고 있는 상황에서 결코 어부지리를 주려 하진 않을 겁니다. 개천회에서도 이를 모르진 않을 것인데 어찌……."

말끝을 흐리며 사마용을 응시하던 그녀는 사마용의 눈빛에서 뭔가를 눈치챌 수 있었다.

"이미 방법을 마련해 두셨군요."

"맞소. 가주께서 각오만 되셨다면 조금 더 진지하게 얘기를 할 필요가 있을 것 같소만."

"여기에 왔다는 건 이미 목숨을 걸었다는 것입니다. 또한 개천회와 한 배를 탈 각오도 되었다는 것이고요. 회주께서도 소녀와 같은 생각을 하고 계신 것 같은데 제 착각일까요?"

조금은 조심스러운, 그러나 여전히 당당한 당령의 반문에 사마용의 입가에서 시작한 웃음이 얼굴 전체로 번져 나갔다.

※   ※   ※

풍천뇌가에서 뇌량을 만난 풍월은 패천마궁으로 돌아가지 않고 오히려 북쪽으로 길을 잡았다.

적룡무가와 더불어 마련의 핵심 세력이라 할 수 있는 풍천 뇌가와 만독방의 무인들이 모여 있는 곳을 치기 위함이었다.

풍월이 풍천뇌가를 떠난 지 정확히 오 일이 지났을 때 마련의 대대적인 공격에서 패천마궁을 지키기 위해 잠시 철군했던 천마대가 합류했다. 다시 이틀 후, 추소기가 각 문파에서 차출한 정예들을 데리고 합류했다. 계속되는 강행군으로 인해 다들 피곤함에 젖어 있었지만 사기만큼은 하늘을 찌를 정도였다.

늦은 오후, 다들 노숙을 하기 위해 나름 부지런히 움직이고 있을 때 은혼이 달려왔다.

"군사께서 전서구를 보내오셨습니다."

"군사께서요?"

풍월이 고개를 갸웃거렸다. 순후가 보낸 전서구가 도착한지 얼마 되지 않았기 때문이다.

"무슨 일이라도 생긴 겁니까?"

풍월이 안색을 굳히며 물었다. 은혼이 황급히 고개를 저었다.

"아, 아닙니다. 그게 아니라 흑룡묵가가 항복을 해왔다는 전갈입니다."

"호! 흑룡묵가가요?"

풍월이 의외라는 얼굴로 물었다.

"예, 군사께서 보낸 전서에 분명 그리 적혀 있었습니다."

은혼이 잔뜩 흥분된 목소리로 말했다.

그럴 만도 했다. 적룡무가가 무너진 후, 마련에 동조하고 있던 많은 문파들이 패천마궁에 항복을 해왔다. 하지만 흑룡묵가는 과거 패천마궁을 지탱하던 구문칠가일방일루에 속했던 곳으로, 다른 여타 세력과는 비교할 수 없을 정도로 존재감을 지닌 가문이었다.

흑룡무가가 항복을 함으로써 지금껏 버티면서 눈치만 보던 이들 역시 속속 항복을 할 것이 자명한 터. 이는 곧 마련의 완벽한 몰락, 패천마궁의 승리를 의미하는 것이었다.

"흠, 그러고 보니 나하고도 인연이 좀 있는 곳인데."

항주에서 흑룡묵가와 잠시 엮였던 기억을 떠올린 풍월이 피식 웃음을 터뜨렸다.

"하면 이제 남은 것은 풍천뇌가와 만독방뿐인가?"

"쥐새끼 같은 놈들입니다. 적룡무가가 무너진 이후, 형주에 웅크린 채 조금도 움직이지 않고 있습니다."

어느새 곁으로 다가온 추소기가 코웃음을 치며 말을 이었다.

"명령만 내려주십시오. 모조리 짓밟아 버리겠습니다."

추소기의 자신만만한 외침에 슬며시 그를 뒤따라온 천마대 주 물선의 얼굴이 살짝 찌푸려졌다. 당연히 선봉에 서리라 예상하고 있는데 추소기에게 선봉을 빼앗길 수도 있다는 생각 때문이었다.

"군사께서 조금은 시간을 두고 공격하셨으면 좋겠다는 의견을 전해오셨습니다."

은혼의 말에 풍월도 이미 알고 있다는 듯 고개를 끄덕였다.

"다른 문파의 사람들도 많이 있다고 들었습니다. 그들이 몸을 뺄 기회를 주자는 말이겠지요."

"예, 끝까지 저들과 동조하는 자들도 있겠으나 칠 할 정도는 이미 항복을 했거나 항복을 할 것이라 예상되는 곳의 제자들입니다."

"흥! 그렇다면 당장에라도 칼을 거꾸로 쥐고 놈들의 머리를 날려야 하는 것 아냐?"

"그렇긴 하지요."

추소기의 물음에 은혼이 어색한 웃음을 흘리며 물러났다.

"군사의 말에도 일리는 있지만 너무 시간을 주면 안 됩니다. 쥐새끼도 궁지에 몰리면 고양이를 물 생각을 하게 마련입니다."

"그래봤자 쥐새끼입니다. 희생을 줄여서 나쁠 것은 없으니 조금 더 시간을 주도록 하지요. 어차피 형주까지 도착을 하려면 적어도 나흘 정도는 더 걸릴 테니 지금의 속도만 유지해도 충분할 겁니다."

"알겠습니다. 그리하겠습니다."

풍월의 말에 추소기는 토를 달지 않고 물러났다.

"흠, 이러다가 모조리 볼모로 잡히는 거 아닌지 모르겠네."

황천룡이 지나가는 말로 툭 내뱉었다.

유연청이 재수 없는 소리 하지 말라고 핀잔을 주었지만 황천룡의 말은 이미 실행이 되고 있었으니, 내부 세력의 배반을 걱정한 풍천뇌가와 만독방은 각 세력의 주요 인물들을 볼모로 잡은 채 풍월의 공격을 기다리고 있었다.

풍월이 북상을 시작했을 때 대부분의 사람들은 그들이 형주분타를 버리고 당연히 도망칠 것이란 예측을 했다. 하나, 모두의 예상을 깨고 그들은 도망치지 않았다.

그리고 그날 밤, 남궁세가와 정의맹에 하오문에서 보낸 전령이 도착했다.

제98장

금선탈각(金蟬脫殼)은 시작되고

"하아!"

남궁세가의 가주 남궁편의 입에서 땅이 꺼져라 한숨이 흘러나왔다.

때마침 문을 열고 집무실에 들어오던 장로 남궁개가 그 모습을 보았다.

"어째서 그리 한숨을 내쉬는 것인가?"

"어서 오십시오, 숙부님."

자리에서 일어난 남궁편이 남궁개에게 자리를 권했다.

"한숨을 내쉬는 것을 보니 제갈세가에선 아직도 연락이 없는 모양일세."

"예, 아직입니다."

"답답하군. 한시가 급한 일이거늘."

남궁개의 입에서도 한숨이 흘러나왔다.

"차라리 그냥 공론화를 시키는 것이 어떻겠습니까?"

남궁개를 따라 들어온 남궁을이 말했다.

"그건 안 되는 것으로 이미 결론이 나지 않았나. 확실한 증거도 없이 공론화를 시켰다가는 자칫 역풍을 맞을 수도 있네."

남궁편이 단호히 고개를 저었다.

"가주의 말이 맞다. 혹자는 영향력이 줄어든 본가가 모함을 한다고 의심할 수도 있으니 신중을 기해야 한다."

남궁편과 남궁개의 말에 남궁을이 한발 물러섰다.

"답답해서 해본 말입니다. 한데 제갈세가에선 왜 이리 답변이 늦는지 모르겠습니다."

"그들 역시 당황하고 있겠지. 개천회의 정체가 이런 식으로 드러날 줄 누가 상상이나 했을까. 하오문이 개방에 못지않은 정보력을 지녔다더니만 과연 대단해."

"하지만 그로 인해 그런 참사를 당하니 참으로 안타까운 일이 아닐 수 없네."

남궁개가 혀를 찼다.

최근에 하오문에 불어닥친 혈풍의 이유를 이제야 깨닫게 된 것이다.

"후! 그나저나 놈들이 자신들의 정체가 노출됐다는 것을 알게 되었을 때 어찌 나올지 걱정입니다. 역시 사마세가에도 알려야 했을까요?"

남궁편이 흔들리는 눈빛으로 물었다. 자신의 판단 여하에 수많은 목숨이 달려 있다고 생각해서인지 표정이 몹시 좋지 않았다.

"정확한 답은 없겠지. 사마세가가 저들과 손을 잡았을 가능성을 배제할 수가 없으니. 물론 아무것도 모른 채 단순히 이용만 당하는 것일 수도 있겠지만."

남궁개 역시 답답한 표정을 감추지 못했다.

"제갈세가가 묘책을 내놓았으면 좋겠습니다."

남궁을의 말에 남궁편이 쓴웃음을 지었다.

"기다려 보세. 그동안 정의맹에 대해 그 어느 곳보다 면밀히 살펴온 제갈세가이니 우리가 전해준 정보까지 합쳐지면 정확한 상황을 파악할 수 있을 테니."

"그러고 보면 제갈세가도 참 대단한 곳입니다. 봉문을 하고 있는 와중에 어떻게 정의맹에 의심의 시선을 줄 수 있었는지 모르겠어요."

남궁을은 일찌감치 정의맹에 대해 경계를 해온 제갈세가의 혜안에 감탄을 금치 못했다.

"그러니 제갈세가겠지."

남궁개의 한마디에 남궁편과 남궁을이 절대적으로 동의한다는 듯 고개를 끄덕였다.

그때였다.

"소자 후입니다."

"들어오너라."

방문이 열리고 남궁세가 소가주 남궁후가 잔뜩 상기된 얼굴로 들어왔다.

방에 있던 세 사람은 제갈세가에서 연락이 왔다고 여겼다.

"제갈세가에서 연락이 왔느냐?"

"아닙니다, 숙부."

"아니야? 하면 무슨 일이기에 그리 흥분한 거냐?"

남궁을이 실망감을 감추지 못하고 다시 물었다.

"손님이 찾아오셨습니다."

"손님? 이 밤중에 누가?"

"그것이……."

"누구길래 그리 뜸을 들여. 빨리 말해봐. 누구야?"

남궁을이 재촉을 하자 호흡을 가다듬은 남궁후가 조심스레 입을 열었다.

"정의맹의 맹주께서 오셨습니다."

"……."

남궁후의 대답에 세 사람은 멍한 얼굴로 그를 바라보았다. 남궁후의 말이 언뜻 이해가 되지 않았기 때문이다.

"누구? 지금 누가 왔다고 했냐?"

남궁을의 물음에 남궁후가 힘주어 대답했다.

"정의맹의 맹주, 사마세가의 가주께서 오셨습니다."

순간, 남궁편이 의자를 박차고 일어났다.

"정의맹의 맹주가? 그게 사실이냐?"

남궁편의 음성이 파르르 떨렸다.

"예."

"어디 계시느냐?"

"일단 난화원으로 모셨습니다."

"잘했다. 혹여 다른 자들은 없더냐?"

"없었습니다. 맹주께선 오직 한 명의 수행원만 대동하신 채 본가를 방문하셨습니다."

"음."

"허!"

남궁편과 남궁개의 입에서 동시에 신음이 터져 나왔다.

현 상황에서 정의맹의 맹주라는 사람이 아무런 예고도 없이, 더구나 늦은 밤에 단 한 명의 수행원을 데리고 왔다는 것은 오직 한 가지 이유뿐이라는 생각이 들었다.

"오랜만에 뵙습니다."

사마세가 가주 사마연이 피곤한 낯빛을 애써 감추며 얼굴 가득 미소를 띠었다.

"예, 오랜만입니다. 본가의 사정이 여의치 않아 누추한 곳으로 모셨습니다. 이해를 해주십시오."

마련의 방화로 잿더미로 변해 버린 남궁세가는 아직 재건되지 못했다. 본가를 되찾기는 했으나 다시 재건할 여력이 되지 않은 남궁세가는 본가 인근의 장원을 구해 머물고 있었다. 남궁세가 식솔들을 수용하기도 벅찬 지경인지라 따로 손님을 위한 장소가 마련되지 않았다.

"무슨 말씀을요. 이만하면 충분하지요."

"감사합니다. 한데 어째서 이 늦은 밤에 가… 아, 맹주께서……."

"편하게 불러주십시오."

사마연의 말에 남궁편이 살짝 고개를 숙여 예를 표한 뒤 말을 이었다.

"이 늦은 밤에 가주께서 방문하실 줄은 상상도 못 했습니다."

"놀라게 해드렸다니 참으로 죄송합니다."

사마연이 고개를 숙이자 남궁편이 화들짝 놀라며 손을 내

저었다.

"아닙니다. 그런 뜻으로 드린 말씀은 아니었습니다."

"자, 서서 말씀을 나눌 것이 아니라 이만 앉으시는 것이 어떻겠소?"

남궁개가 입을 열자 사마연이 그에게 예의를 갖췄다.

"그간 편안하셨습니까, 선배님?"

"본가가 잿더미로 변하는 모습을 보았는데 어찌 편할 수가 있겠소."

"본 맹이 적극적으로 나서 도움을 드렸어야 하는데 참 면목이 없습니다."

"가주가 사과를 할 필요는 없소. 일전에도 이미 많은 도움을 받았거늘 염치가 있지."

"아니지요. 당연히 도와야 했습니다. 하나, 모든 것이 제 마음 같지가 않습니다."

사마연이 씁쓸한 얼굴로 고개를 저었다.

"원래가 그런 법이오. 그래도 최악의 상황은 벗어났으니 너무 걱정하지 마시오. 그럭저럭 잘 견디고 있다오. 마련의 간적들이 본가를 다시 노리고 있는 것이 마음에 걸리기는 하오만."

"마련이라면 적룡무가가 무너지면서 일체의 움직임을 멈췄다고 들었습니다만."

"그렇소. 하지만 언제 이빨을 드러낼지 모르니 경계를 늦출

수가 없는 입장이오."

"그렇군요. 이 엄중한 상황에 참으로 걱정입니다. 아! 근래
들어 남궁세가에 대단한 인재들이 대거 배출되었다고 들었습
니다. 축하드립니다. 그야말로 무림에 홍복이 아닐 수 없습니
다."

"허허! 고맙소이다. 하나, 아직 많이 미숙하외다."

겸양의 말을 하고는 있으나 남궁개의 입가엔 절로 미소가
지어졌다.

본가가 잿더미로 변하는 최악의 상황, 절망감에 사로잡혀
하루하루를 힘들게 버티고 있던 남궁세가에 세 명의 신성(新
星)이 출현했다.

이남일녀, 천문동부에서 회수한 검존의 무공을 제대로 익
혀낸 그들은 마련과의 싸움에서 혁혁한 공을 세우며 무너지
기 일보 직전의 가문을 지켜냈다. 그들의 활약으로 남궁세가
는 다시금 강남무림의 구심점으로 영향력을 넓히고 있었다.

탁자에 앉은 세 사람은 차를 마시며 잠시 환담을 나누었
다.

서로 웃고 떠들었지만 그것이 핵심이 아니라는 것을 서로
알고 있다.

"제가 남궁세가를 찾은 이유는……."

사마연이 들고 있던 찻잔을 내려놓으며 착 가라앉은 음성

으로 입을 열기 시작했다. 드디어 본론이란 생각에 남궁편과 남궁개도 자연 긴장한 표정으로 귀를 기울였다.

"이틀 전, 하오문에서 보낸 전령이 은밀히 저를 찾아왔습니다."

하오문의 전령이란 말에 남궁편과 남궁개의 입에서 절로 신음이 터져 나왔다. 그들의 반응을 살피던 사마연이 깜짝 놀라 물었다.

"혹 남궁세가에도 온 것입니까?"

"그렇습니다."

"아! 역시 그랬군요. 그런 중대한 문제를 제게만 알리지는 않았을 것이라 판단했습니다."

사마연이 목이 타는지 찻물을 벌컥벌컥 들이켜더니 이내 신중한 얼굴로 물었다.

"전령이 어떤 정보를 전했는지 제게 말씀해 주실 수 있습니까?"

남궁편이 남궁개를 향해 고개를 돌리자 남궁개가 고개를 끄덕였다.

"개천회의 정체에 대해 알려왔습니다."

"아!"

사마연이 탄성과 함께 탁자를 거칠게 내려쳤다.

"제가 찾아온 이유가 바로 그것입니다. 하오문의 전령이 제게

전한 정보에 의하면 무림에 암약하는 개천회의 정체는······."

사마연과 남궁편이 동시에 외쳤다.

"서문세가!"

이글거리는 눈빛으로 서로를 바라보는 두 사람.

한참이나 말이 없던 그들이 약속이나 한 듯 길게 숨을 내뱉었다.

"어찌하실 생각입니까?"

남궁편이 물었다.

"쳐야지요."

사마연이 단호하게 외쳤다.

"저들의 정체를 알게 된 이상 가만히 있을 수는 없습니다. 하오문이 멸문당하다시피한 것은 저들이 자신들의 정체가 노출되었음을 눈치챘다는 것이겠지요. 저들이 먼저 움직이기 전에 쳐야 할 것입니다."

"같은 생각입니다만 본가가 움직이면 저들이 눈치를 챌 가능성이 무척이나 높습니다."

"하니 최대한 은밀히 움직여야겠지요. 움직이는 인원도 가급적이면 줄여야 합니다. 기습을 하여 적을 단숨에 섬멸할 수 있는 실력자들만 추려서 움직여야 할 겁니다."

"하지만 본가는 물론이고 정의맹에 속한 대부분의 문파가 마련과의 싸움에서 수많은 고수들을 잃었습니다. 인원을 차출하기가 쉽지는 않습니다."

남궁편이 회의적인 표정을 지었다. 지난 날, 개천회의 무력
이 어떤지 직접 체감한 그는 어지간한 전력으론 그들을 감당
할 수 없다는 것을 알고 있었다.

잠시 머뭇거리던 사마연이 입술을 질끈 깨물며 말했다.

"마련에 병력을 요청하는 것은 어떻습니까?"

"지금 마… 련이라고 하셨습니까?"

남궁편이 착 가라앉은 음성으로 되물었다. 사마연을 응시
하는 남궁편의 눈꼬리가 경련을 일으켰다. 그가 화를 참기 위
해 얼마나 애를 쓰는지 보여주는 것이었다.

"내키지 않는다는 것은 알지만 이이제이(以夷制夷)라 했습니
다. 패천마궁과 남궁세가의 사이에 낀 저들은 지금 잔뜩 궁지
에 몰려 있습니다. 살길을 열어준다면 죽을힘을 다해 싸울 것
입니다. 우리의 피해도 그만큼 줄일 수 있겠지요."

"……"

남궁편은 대답하지 않았다. 하지만 심각하게 고민하는 것
은 틀림없었다.

"무리라고 보오."

남궁개가 고개를 저었다.

"이유를 여쭤도 되겠습니까?"

"마련이 개천회와 연관이 있다는 것은 천하가 다 아는 사

실이오. 물론 가주께서 도움을 청하려고 하는 풍천뇌가와 만독방이 개천회와 연관이 있는지 그렇지 않은지는 정확하게 모르오. 하나, 만에 하나 연관 있다면 시작부터 꼬이게 될 것이오."

"그렇군요. 제가 그 점을 간과했습니다. 그들에게 지원을 요청하는 것은 없던 일로 하겠습니다."

사마연은 자신의 실수를 깔끔하게 인정하고 물러섰다.

"차라리 패천마궁의 궁주에게 요청을 하는 것이 어떻소?"

남궁개의 물음에 이번엔 사마연이 고개를 저었다.

"제가 알기로 패천마궁의 궁주 풍월은 서문세가 출신입니다. 주류와 상관없는 방계이기는 해도."

"그게 사실입니까?"

남궁편이 깜짝 놀라 되물었다.

"그렇습니다. 물론 그가 개천회와 연관이 있다는 말은 아닙니다. 애당초 서문세가에서 살지도 않았고요. 하나, 방금 전 선배께서 말씀하셨다시피 만에 하나라는 가정을 해야 합니다."

"일리가 있는 말이오. 그가 서문세가 출신이라면 당연히 배제를 해야 할 것이오."

남궁개가 사마연의 의견에 동조하며 패천마궁에 도움을 요청하는 건도 무산이 되었다.

하지만 그들은 포기하지 않았다.

머리를 맞대고 치열하게 의견을 개진하며 개천회를 공격할 계획을 세웠다. 그리고 새벽이 밝아올 때 남궁편과 의미심장한 웃음을 교환한 사마연이 조용히 남궁세가를 떠났다.

*　　　*　　　*

사마연이 은밀히 남궁세가를 방문했던 그날 밤, 제갈세가 가주의 집무실도 환히 밝혀져 있었다.

"이제는 답을 줘야 하지 않겠나?"

제갈원이 탁자 위에 놓인 서찰을 쏘아보고 있는 제갈중을 향해 말했다. 서찰에서 시선을 거둔 제갈중이 답답한 표정으로 한숨을 내뱉었다.

"그래야겠지요. 하지만 어찌 답을 해줘야 할지 명료하지가 않습니다."

"답은 이미 나오지 않았나? 하오문은 이미 서문세가가 개천회라 단정했네. 서문세가와 함께 정의맹에서 암약하는 간자들의 명단 일부까지 확보를 하지 않았나. 뭐가 명료하지 않다는 것인지 모르겠네. 간자들 때문에 정무련에서 난리가 난 지 얼마 되지도 않았는데 어느새 정의맹까지 침투를 하다니, 실로 대단한 놈들이 아닌가."

제갈원의 말에 제갈중이 다시금 한숨을 내뱉었다.

"하오문의 정보를 무시하려는 건 아닙니다. 다만 지금껏 완벽하게 위장하고 있던 개천회의 정체가 너무 쉽게 드러난 것 같은 생각 때문에……."

"쉽게 드러난 것은 아니라고 봅니다."

제갈중의 시선을 받은 제갈성요가 재빨리 말을 이었다.

"하오문이 어떤 꼴을 당하고 있는지 보시지 않았습니까? 중원에 산재한 수많은 분타가 모조리 불타고 제자들이 목숨을 잃었습니다. 심지어 문주의 생사마저 확인하지 못하고 있는 실정입니다. 하오문에 어째서 그런 참화가 들이쳤겠습니까? 서문세가가 개천회라는 증거를 확보했기 때문입니다. 그걸 막기 위해 저리 미쳐 날뛰는 것이지요."

제갈성요의 주장에 자리에 모인 모두가 동의한다는 듯 고개를 끄덕였다.

제갈중 역시 제갈성요의 말에 일리가 있다고 여겼다. 하지만 인정을 하면서도 가슴 한편에서 뭔가가 자꾸만 잡아끌었다. 그걸 해결하지 않고는 서문세가가 개천회라는 것을 받아들이기가 쉽지 않을 것 같았다.

"자넨 어찌 생각하나?"

제갈중이 별다른 말없이 침묵을 지키고 있는 제갈후에게 물었다. 무림에 흩어진 세작들을 통해 모아지는 정보를 분석

하는 비응단의 단주라면 조금은 다른 시선으로 문제를 볼 수 있다 여겼다.

"지금껏 정의맹에 대한 정보를 수집하기 위해 꽤나 많은 노력을 기울였습니다. 하나 쉽지 않았지요."

제갈후는 정의맹에 보낸 세작들 대부분이 연락이 끊기고 목숨을 잃었다는 것을 우선 상기시켰다.

"이는 정의맹에 우리가 알아서는 안 되는 것, 뭔가를 감추고 싶은 것이 있다는 것을 의미합니다."

"개천회?"

"예, 지금껏 본가는 개천회가 마련에 영향력을 행사하는 것처럼 정의맹에도 은밀히 개입을 했을 것이라 예상을 했습니다. 한데 하오문의 정보가 맞다면, 단순히 개입을 한 것이 아닙니다."

"그 점은 일단 배제하세."

제갈중의 말에 제갈후가 고개를 끄덕이며 설명을 시작했다.

"본가는 그동안 힘든 여건 속에서도 정의맹을 살펴왔습니다. 특히 정의맹의 구심점 역할을 하고 있는 사마세가와 실질적인 무력을 담당하는 신흥삼대세가가 개천회와 혹여 연관이 있는지 면밀히 살폈지요. 가장 의심이 되는 곳은 서문세가와 혁련세가입니다. 아시다시피 서문세가는 풍 공자를 통해 개천회와 모종의 관련이 있음이 밝혀졌습니다."

"관계라기보다는 일방적으로 당했다는 것이 맞지 않나? 서문세가의 차기 후계자라 할 수 있는 친구에게도 확인을 했다고 한 것 같은데."

제갈중의 말에 제갈후가 고개를 저었다.

"그건 확실하지 않습니다. 외부에서 그렇게 여기게끔 꾸미려면 얼마든지 꾸밀 수 있는 일입니다. 풍 공자의 능력을 무시하는 것은 아니나 속이고자 한다면 얼마든지 속일 수 있습니다."

"알았네. 계속하게."

"게다가 서문세가는 놀라울 정도로 빠르게 힘을 키웠고, 지금도 계속해서 확대되고 있습니다. 또한 외부에 드러나지 않은 힘도 은밀히 키우고 있음이 확인되었습니다."

"은밀히 힘을 키운다? 지금껏 그런 말은 없었던 것으로 아는데. 제대로 확인이 된 것이냐?"

제갈원이 깜짝 놀라 물었다.

"조금 전, 서문세가를 살피러 간 사도진으로부터 들어온 정보입니다. 그 힘이 어느 정도인지는 모르나 정보를 캐려다 몇 번이나 목숨을 잃을 뻔했다고 합니다. 녀석이 심각하게 경고를 하는 것을 보면 예사롭지는 않을 것 같습니다."

제갈중을 비롯하여 모든 이들의 안색이 굳었다.

비응단 최고 요원의 경고다. 결코 가볍게 볼 수 없는 사안

이었다.

"아귀가 딱딱 맞아떨어집니다. 개천회가 틀림없습니다."

제갈성요가 목소리를 높였다.

"혁련세가는 어떤가?"

제갈중이 조금은 힘 빠진 음성으로 물었다.

"근래 들어선 서문세가보다 더욱 빠르게 영향력을 확장하고 있습니다. 정의맹의 실권을 장악했다는 말이 공공연히 나올 정도니까요. 엄청난 금력을 동원해서 많은 문파들의 지지를 받고 있는데, 다만 그 금력의 출처가 명확하지 않습니다. 이 점은 확실히 의심해 봐야 합니다. 황산진가는 서문세가나 혁련세가에 비하면 그 힘이나 저력에서 확연이 떨어집니다. 그들이 개천회와 연관이 있을 수도 있으나, 현재 정의맹에서 황산진가의 위치를 감안했을 때 크게 걱정할 정도는 아닙니다."

제갈후는 황산진가를 사실상 배제했다.

"사마세가는 어떠냐?"

제갈원의 물음에 제갈후는 쉽게 대답하지 못하고 곤혹스러운 표정을 지었다.

"사마세가에서도 뭔가 미심쩍은 점이 보이더냐?"

"솔직히 잘 모르겠습니다. 삼대세가에 비해 규모도 작고 재력도 풍족하지 않습니다. 그런 사마세가가 정의맹의 맹주를 배출하고 구심점이 되고 있으니 그 자체가 의심스러운 일이지요. 힘이 없기에 오히려 개천회와 손을 잡을 가능성도 있습니다."

말은 그리하면서도 상당히 회의적인 표정이었다.

"사마세가의 뛰어난 지략으로 마련의 싸움에서 많은 문파들이 위기에서 벗어났다. 게다가 그동안 화평연을 주재하며 무림에서 쌓아온 명망을 생각했을 때 그들이 정의맹의 구심점 역할을 하는 것도 크게 이상하지는 않을 것이다. 서문세가나 혁련세가의 알력 때문에 어부지리를 취했다고 보면 맞을 것이다. 물론 네가 말한 대로 힘이 없어 개천회와 손을 잡았을 수도 있겠다. 하나, 그럴 가능성은 희박하다고 본다."

제갈후는 제갈원의 주장에 딱히 토를 달지는 않았다.

"그래서, 자네가 내린 결론은 뭔가?"

제갈중이 지친 얼굴로 물었다.

"모두가 의심할 만하다는 것입니다."

"가장 의심스러운 곳은?"

순간적으로 멈칫한 제갈후가 한층 신중한 얼굴로 답했다.

"서문세가입니다."

"음."

제갈중의 입에서 묵직한 신음이 흘러나왔다.

하오문의 정보를 배제한 상황에서도 개천회와 연관이 있을 것이라 예상되는 문파가 서문세가라면, 결론은 이미 나와 있는 것이나 다름없었다.

*　　　　*　　　　*

정의맹의 대회의실.

이미 해가 떨어진 늦은 오후에 각 문파와 세력들을 대표하는 자들이 대회의실에 모였다. 맹주의 갑작스러운 소집 요청에 다들 궁금해하면서도 혹여 무슨 일이 벌어진 것은 아닌지 조금은 불안한 기색이었다.

웅성거림은 사마연이 회의장에 모습을 드러낼 때까지 계속되었다.

"늦었습니다."

사마연이 사과를 하며 자리에 앉기가 무섭게 서문세가의 장로 서문경이 입을 열었다.

"갑작스럽게 회의를 소집하셔서 조금 놀랐습니다. 무슨 일이라도 벌어진 것입니까?"

가만히 그를 바라보던 사마연이 묘한 미소를 지으며 고개를 저었다.

"중요한 정보가 입수되었습니다. 제가 단독으로 결정할 것이 아니라 여러분들께 알리고 상의를 해야 할 정보인지라 급히 회의를 소집하게 되었습니다. 이해를 해주시지요."

"어떤 정보인지 여쭤도 되겠습니까?"

서문경이 다시 묻자 그의 맞은편에 있던 혁련세가의 호법 주소광이 걸걸한 음성으로 소리쳤다.

"그만하시오. 맹주께 너무 무례하지 않소?"

"무례? 그게 무슨 말이오?"

서문경이 정색을 하며 묻자 주소광이 코웃음을 치며 말했다.

"맹주께서 급히 알리고 상의를 할 일이 있어 회의를 소집하셨다 했소. 분명 그만한 이유가 있는 것이거늘, 숨 돌릴 틈도 드리지 않고 마치 취조하듯 질문을 하지 않았소?"

"노부가 언제……."

"나만 그렇게 생각하는 것이 아니오. 눈이 있으면 주변을 둘러보시구려."

주소광이 자신만만하게 손짓하자 서문경의 시선이 그의 손을 따라 움직였다. 주소광만큼은 아니나 확실히 분위기는 좋지 않았다.

자신이 너무 성급했음을 자책한 서문경이 얼른 고개를 숙였다.

"음, 노부가 실수를 한 것 같습니다. 용서해 주십시오, 맹주님."

서문경이 정중히 사과를 하자 사마연이 부드러운 미소를

지으며 손을 저었다.

"아닙니다. 갑작스럽게 회의를 소집해서 놀라셨을 겁니다. 충분히 이해를 합니다. 거두절미하고 제가 이리 급히 회의를 소집한 이유를 말씀드리지요."

사마연이 품에서 서찰을 하나 꺼내자 수많은 시선이 서찰에 쏟아졌다.

"나흘 전, 하오문에서 제게 보낸 것입니다."

하오문이라는 말에 회의장이 술렁거렸다. 최근에 하오문에 어떤 일이 벌어지고 있는지 모두 알고 있기에 그 놀람이 컸다.

"맹주께서 이리 다급히 회의 소집을 하셨다는 것은 그만큼 중요한 사안이라는 것. 혹, 하오문의 참화가 그 서찰의 내용과 관련이 있는 것입니까?"

주소광의 물음에 사마연이 고개를 끄덕였다.

"그렇습니다. 바로 이 안에 담긴 내용 때문에 개천회가 하오문을 공격하는 것입니다."

하오문을 공격한 곳이 개천회란 말에 회의장은 그야말로 난리가 났다. 온갖 소음들이 중구난방으로 이어졌다. 회의장의 술렁거림은 사마연이 몇 번이나 자중해 달라는 요청을 한 뒤에야 비로소 잠잠해졌다.

"무슨 내용인지 여쭤도 되겠습니까?"

주소광이 최대한 공손히 물었다. 마치 자신은 무례하게 질문을 퍼부은 서문경과 다르다는 것을 보여주려는 것 같았다.

사마연이 좌중을 둘러보며 입을 열었다.

"하오문은 일전에도 정무련에 숨어든 개천회 간자들의 명단을 밝혀냈습니다. 비록 몇 명 되지는 않았지만 그 충격은 뭐라 말로 표현할 수가 없었습니다. 그들의 암약에 의한 피해도 상당했고."

회의실에 모인 이들의 안색이 확 변했다. 사마연의 손에 들린 서찰의 내용이 무엇인지 짐작한 것이다.

"설마 본 맹에도 개천회의 간자들이 숨어든 것입니까?"

탁자를 후려치며 일어선 주소광의 노호성이 회의장을 쩌렁쩌렁 울렸다. 유난히도 과장된 행동. 하나, 아무도 그것을 의식하지 못했다.

"유감스럽게도 그렇습니다."

사마연이 참담한 표정으로 고개를 끄덕였다.

"그자가 누굽니까?"

주소광이 다시 물었다.

그 많은 인원이 모인 회의장에 일순간 침묵이 찾아왔다. 숨이 막힐 듯한 적막감, 모두의 시선이 사마연의 입으로 향했다.

지그시 눈을 감고 그 순간의 적막감을 즐기던 사마연이 천천히 눈을 뜨며 누군가를 향해 고개를 돌렸다.

"어째서 개천회의 개가 된 것입니까, 장주?"

사마연의 지목을 당한 의천장(義天莊) 장주 봉효가 하얗게 질린 얼굴로 뒷걸음질 쳤다.

손을 들어 사마연을 가리키는 봉효는 믿을 수가 없다는 표정이다.

"어, 어째서 나를……."

바로 그때, 봉효의 귓가로 한줄기 전음이 흘러들었다.

[부인하면 모든 자들이 죽는다. 식솔들을 살리고 싶으면 침묵해라.]

봉효의 몸이 벼락이라도 맞은 듯 흔들렸다.

"너… 네놈들이……."

붉게 충혈된 눈, 떨리는 입술, 전신을 덜덜 떨며 분노했으나 그의 입에선 다른 말이 흘러나오지 못했다.

[장렬한 최후도 나쁘지는 않겠군.]

한줄기 조소가 그의 귓가로 흘러들었다. 봉효는 전음의 의미를 곧바로 알아들었다.

"으아아아!"

괴성을 내지른 봉효의 몸이 사마연을 향해 움직였다.

사마연은 안타까운 탄식을 내뱉으며 괴롭다는 듯 고개를 떨궜다. 그리고 그를 향해 달려들던 봉효는 이미 만반의 준비를 하고 있던 주소광의 일격에 그대로 나가떨어졌다.

사로잡기 위함인지 손속에 인정을 두었으나, 봉효에게 날아든 전음에 의해 그의 시도는 무위로 돌아갔다.

[죽어라.]

"나, 나는……."

거친 숨결을 토해내던 봉효는 천천히 손을 들어 자신의 천령개를 내려쳤다.

봉효의 죽음에 회의장에는 또 한 번 질식할 것만 같은 침묵이 찾아왔다. 누구보다 정의맹을 위해 애썼던 의천장의 장주가 개천회의 주구라는 사실은 그만큼 모두에게 엄청난 충격을 안겼다.

하지만 그건 시작에 불과했다.

봉효에 이어 다섯 명의 간자가 적발되었고, 그들 모두는 어떤 변명도 없이 끝까지 발악을 하다 모조리 목숨을 잃었다.

간자들이 흘린 피가 회의장을 붉게 물들일 때 사마연의 시선이 마침내 서문경에게 향했다.

"왜 그리 보시는 겁니까?"

사마연의 시선에서 묘한 불쾌감을 느낀 서문경이 떨떠름한 얼굴로 물었다.

"대단한 인내력입니다."

사마연이 얼굴 가득 조소를 띠며 물었다.

"무슨 뜻입니까?"

"무슨 뜻인지는 장로께서 더 잘 알고 계시지 않습니까."

서문경은 사마연의 빈정거리는 말투에 더 이상 참지 못하고
버럭 화를 냈다.

"나를, 본가를 모욕하지 말고 똑바로 말하시오. 뭘 안다는
말이오?"

서문경의 음성이 카랑카랑 울렸다. 좌중의 시선은 이미 두
사람에게 쏠린 상태였다.

사마연이 비릿한 웃음과 함께 서찰을 들었다.

"하오문이 본 맹주에게 보낸 서찰에는 간자들의 이름만 있
는 것이 아니었습니다. 간자 따위와는 비교도 되지 않을 엄청
난 내용이 있었지요. 아, 참고로 하오문의 서찰을 받은 것은
본 맹주뿐만이 아닙니다."

술렁이는 회의장의 분위기를 가벼운 손짓으로 다잡은 사마
연이 말을 이었다.

"하오문이 최후의 순간까지 지켜낸 정보는 본 맹주 혼자 감
당하기엔 너무도 엄청난 것이었습니다. 해서 정무련, 정확히는
남궁세가를 은밀히 방문했지요. 아, 어째서 여러분들과 의논
을 하지 않았는지 의아하실 것이오만, 어쩔 수 없는 선택이었
습니다. 하오문이 보낸 정보가 사실이라면 본 맹의 힘만으로
는 감당할 수 없는 일이 벌어지기 때문에 반드시 그들의 도움
을 받아야 했기 때문입니다. 어째서 여러분들과 상의할 수 없
었는지는 곧 알려 드리겠습니다. 아무튼 남궁세가를 방문하

여 가주를 만났습니다. 놀랍게도 남궁세가 역시 하오문으로부터 제가 받은 것과 같은 내용의 서찰을 받았습니다."

잠시 말을 멈춘 사마연은 모든 이들의 시선이 자신에게 쏠린 것을 마음껏 즐기며 말을 이어갔다.

"서찰에는 정의맹에서 암약하는 간자들의 이름이 있었습니다. 아, 남궁세가에서 받은 서찰에는 정무련에 숨어 있는 간자들의 이름이 있었습니다. 그게 유일한 차이였지요. 하나, 그게 중요한 것이 아니었습니다. 하오문이 저리 말살을 당한 진정한 이유, 본 맹주가 정무련과 손을 잡고 연합 작전을 펼칠 수밖에 없었던 정말 중요한 사실이 적혀 있었습니다."

"그게 무엇입니까?"

주소광이 적절하게 소리쳐 물었다.

사마연이 서문경을 향해 천천히 고개를 돌리며 말했다.

"개천회의 정체입니다."

순간, 회의실엔 그야말로 숨소리조차 들리지 않을 정도로 무서운 정적이 몰아쳤다. 더불어 대부분의 시선이 어느새 서문경에게 향해 있었다.

"아, 아니오. 무슨 오해가 있는 줄은 모르겠으나……."

기겁한 서문경이 손을 내저으며 결백을 주장했다.

눈동자는 흔들리고 음성은 마구 떨렸다.

서문세가가 개천회로 의심받는 것이 너무도 어처구니없고

당황스러워서 그런 행동을 보인 것이나 오히려 의심받기 딱
좋은 반응이었다.

"크아악!"

난데없이 비명이 터져 나온 것은 서문경이 재차 변명을 하
려 할 때였다.

서문경의 곁을 지키고 있던 호법, 흑상천이 옆에 있던 사내
의 심장을 으깨며 소리쳤다.

"들켰습니다, 장로님! 탈출해야 합니다."

흑상천의 행동에 가장 놀란 사람은 오히려 서문경이었다.

"자, 자네 무슨 짓인가?"

경악한 서문경이 흑상천을 말리려고 했지만 이미 늦었다.
연속적인 실수로 두 명의 목숨을 더 빼앗은 흑상천이 목이 터
져라 소리쳤다.

"어서! 어서 도망치십시오. 세가에 이 사실을 알려야 합니
다. 뒤는 제가 맡겠습니다."

아직도 상황을 파악하지 못하고 있는 서문경을 뒤로한 채
창문을 향해 돌진했다. 누가 보더라도 퇴로를 확보하기 위한
행동이었다.

하지만 회의실에 모여 있는 사람들 또한 내로라하는 고수
들이다. 처음엔 당황을 했지만 이내 협공을 하여 흑상천을 제
압했다.

팔다리가 잘리면서도 마지막까지 서문경의 퇴로 확보를 위해 발악하던 흑상천은 가슴에 검을 맞고 나서야 결국 무너지고 말았다.

희미해져 가는 의식 속에 한줄기 전음이 날아들었다.

[자네의 희생은 결코 잊지 않겠네. 식솔들은 걱정하지 말게. 고맙네.]

전음을 들은 흑상천의 입가에 희미한 미소가 지어졌다. 그러고는 최후의 힘을 짜내 몇 마디 말을 내뱉었다.

"장… 로님, 탈출을…… 개천… 회에 영… 광이……."

그것이 결정적이었다.

서문경이 아무리 아니라고 변명을 해도 아무도 믿어주지 않았다. 특히 흑상천의 난동으로 동료를 잃은 자들의 분노는 실로 대단했다.

결국 서문경도 폭발하고 말았다.

"사마세가와 혁련세가! 네놈들이 수작을 부렸구나. 본가가 그리 두려웠더냐!"

서문경은 하오문이 전해온 정보를 빌미로 사마세가와 혁련세가가 연합하여 서문세가를 죽이려는 계책을 꾸미고 있다고 믿었다. 아니, 애당초 하오문의 정보 자체가 있는 것인지도 의심스러웠다.

하지만 주변 반응은 싸늘했다.

다섯 명의 간자가 발각되어 목숨을 잃은 데다가 흑상천이 난동을 부리는 시점에서 서문경의 그 어떤 변명도 소용없는 일이었다.

서문경이 서문세가를 대표하는 고수라지만 혁련세가의 호법 주소경 또한 그에 못지않은 고수. 게다가 회의장에 모인 이들은 강남무림을 대표하는 인물들이다.

서문경은 합공을 당하는 와중에도 세 사람의 목숨을 빼앗는 기염을 토했으나 결국 목숨을 잃고 말았다.

서문경이 목숨을 잃은 그 시각, 서문경을 따라 정의맹에 머물고 있던 서문세가의 무인들 역시 일제히 공격을 당해 괴멸되었다.

기습적인 공격을 통해 서문세가의 정예들을 괴멸시킨 이들은 미리 사마연의 언질을 받은 혁련세가와 이번 기회에 정의맹 내에서 나름 세를 키우려는 황산진가의 무인들이었다.

피바람이 몰아친 회의장의 정리가 거의 끝났을 때, 남궁세가의 가주가 도착했다는 말을 전해 들은 사마연은 버선발로 달려가 남궁편을 맞았다.

"어서 오십시오. 먼 길 오시느라 정말 고생하셨습니다."

"서두른다고 서둘렀건만 조금 늦었습니다."

"무슨 말씀을요. 은밀히 움직이려면 꽤나 힘드셨을 터. 이리 빠르게 도착하실 줄은 생각 못 했습니다."

"그만큼 중대한 일이잖습니까. 서둘러야지요. 한데 개천회의 간자들은 무사히 제압하셨습니까?"

남궁편이 아직도 핏자국이 남아 있는 회의장을 힐끗 바라보며 물었다.

"적들의 반항이 워낙 거세서 애를 먹었습니다. 그래도 큰 피해 없이 제압할 수 있었습니다."

"다행입니다."

"예. 제때에 적발했으니 망정이지, 하마터면 큰일 날 뻔했습니다."

사마연이 안도의 한숨을 내쉬자 남궁편이 동감한다는 듯 고개를 끄덕였다.

"이번 일도 그렇고, 일전에 정무련 간자들의 명단을 확보한 것도 그렇고, 무림은 하오문에 정말 큰 빚을 졌습니다."

"예, 그들의 정보 덕분에 큰 참사를 막을 수 있었습니다. 한데 정작 그들은 참화를 면치 못했으니 참으로 면목이 없습니다."

사마연과 남궁편은 무림을 위한 하오문의 희생을 떠올리며 숙연한 표정을 지었다.

"맹주님."

문사건을 쓴 사내가 조심스러운 발걸음으로 다가왔다.

"무슨 일인가?"

"다들 맹주님이 오시기만을 기다리고 계십니다."

"아! 그렇구나. 알았다."

아차 싶은 얼굴로 고개를 끄덕인 사마연이 남궁연에게 말했다.

"정의맹의 수뇌들이 이번 일로 의견을 나누고 있습니다. 가주께서도 함께 가시지요."

"제가 방해가 되는 것은 아닌지 모르겠습니다."

남궁편이 슬며시 발을 빼려 했다.

정의맹의 수뇌들이라 해봐야 남궁세가의 영향력 아래에 있다가 정의맹 쪽으로 붙은 자들과 정무련에 속했다가 시류에 따라 옮겨간 자들이 대부분. 그들과 얼굴을 마주하기가 조금은 어색했기 때문이다.

"무슨 말씀을요. 강남의 맹주로서 고견을 들려주셔야지요. 자, 가시지요. 제가 모시겠습니다."

사마연이 비굴하다 싶을 정도로 자신을 숙이며 남궁세가를 배려하는 모습에 남궁편은 감격을 금치 못했다.

"알겠습니다. 맹주께서 이리 청하시니 거절할 수가 없군요."

사마연의 진실된 모습에 감동하고, 게다가 거절할 명분도 없었던 남궁편은 결국 사마연을 따라나섰다.

어색한 인사도 잠시, 강무관(講武館)에서 열린 회의에 참가

한 남궁편은 적극적으로 의견을 개진했다.

"이번 일의 성패는 결국 서문세가가 우리의 움직임을 눈치채느냐 그렇지 않느냐에 달렸다고 해도 과언은 아닐 것입니다."

남궁편의 말에 사마연이 맞장구를 쳤다.

"맞습니다. 상대는 다른 곳도 아니고 얼마나 오랫동안 무림을 농락했는지 가늠조차 되지 않는 개천회입니다. 만약 놈들이 우리의 공격을 눈치챈다면 그에 대한 준비를 할 것이고, 우리가 상상도 할 수 없는 흉계를 꾸밀 수도 있습니다. 그에 따른 피해 또한 엄청날 것입니다."

"당장 오늘 일이 놈들의 귀에 들어갈 수 있습니다. 이에 대한 대책을 세우셔야 할 것입니다."

남궁편의 걱정에 벌떡 일어난 주호성이 가슴을 탕탕 치며 말했다.

"그건 걱정 마시구려. 본가와 황산진가의 병력이 개천… 아니, 서문세가로 향하는 모든 길을 차단하고 있소이다. 물론 완전하다 할 수는 없겠지만 최대한 시간을 벌어줄 수는 있을 것이오."

주소광의 말이 끝나기가 무섭게 곳곳에서 그의 말을 거들고 나섰다.

"제자들과 식솔들의 입단속도 제대로 해야 할 것입니다."

"맞습니다. 정의맹에는 실로 많은 사람들이 오갑니다. 그 속에 개천회의 간자들이 섞여 있을 수 있으니 주의, 또 주의를 해야 합니다."

"개천회라면 모두가 이를 갈고 있소이다. 정보가 새나가는 일은 결단코 없을 것이외다."

다들 자신만만하게 말을 하고는 있지만 그들 역시 언제까지나 비밀이 지켜질 것이란 생각을 하지는 않았다.

"결국 속도전입니다. 놈들이 알아도 미처 방비를 하지 못할 정도로 빠르게 들이쳐야 합니다."

"사흘! 본 맹에서 서문세가까지 최대한 서두른다면 사흘이면 도착할 수 있습니다. 하나, 그만한 강행군을 하고 적들을 감당할 수 있을지 걱정이 됩니다."

사마연의 우려 섞인 말에 남궁편이 더없이 진중하게 입을 열었다.

"하니 진정 뛰어난 자들만 선별하여 움직여야 합니다."

"그렇게 되면 공격하는 인원이 너무 부족하지 않겠습니까? 단순히 서문세가가 아닌 개천회입니다. 지금까지의 모습만 보았을 때도 개천회의 저력이 어느 정도인지 예측하기 힘듭니다."

"저도 그 점을 걱정하기는 했습니다만 어쩔 수 없는 일입니다. 피해를 최소한으로 줄이기 위해서라도 반드시 기습에 성공해야 합니다. 아, 그리고 인원은 너무 걱정하지 마시지요. 제갈세가와 당가에서도 이번 공격을 함께하기로 했습니다."

사마연은 이틀 전 남궁세가를 방문했을 때 제갈세가에 하오문이 보내온 정보의 신뢰성에 대해 문의한 것을 떠올리며 반색을 했다.

"오! 제갈세가에서 답이 온 것입니까?"

"예, 답이 왔습니다. 오랫동안 정의맹을 의심하며 관찰한 바, 서문세가의 행보에 수상한 점이 무척이나 많았다고 하더군요. 결국 하오문이 보내온 정보는 제갈세가의 의심에 쐐기를 박는 증거가 되었습니다."

"그렇습니까? 과연 제갈세가입니다. 천하의 이목이 마련과 북해빙궁에 쏠려 있는 상황에서 정의맹을 의심하고 있었다니 말입니다. 한데 제갈세가는 그렇다 쳐도, 난데없이 당가라니요?"

"얼마 전 환사도문이 물러나며 이제야 이쪽을 돌아볼 여유가 생긴 모양입니다."

쓸쓸한 표정을 짓던 남궁편이 이내 고개를 젓곤 말을 이었다.

"많은 인원은 아닙니다만 당가의 가주가 직접 식솔들을 이끈다고 했습니다. 독중지성의 경지에 이른 그녀의 무공이라면 개천회의 고수들이 아무리 뛰어나다 하더라도 감당하지 못할 자가 없을 것입니다."

"허! 말만 들어도 아주 든든합니다."

잔뜩 상기된 얼굴로 고개를 끄덕인 사마연은 더욱 열정적으로 서문세가의 공략을 준비했고, 강무관에 모인 수뇌들 역시 최대한 적극적으로 참여를 했다.

강무관의 회의는 자정이 훌쩍 넘어서야 끝이 났다.

회의가 끝난 뒤 정확히 두 시진 후, 여전히 어둠에 잠겨 있던 정의맹의 정문이 열리고 엄청난 숫자의 무인들이 쏟아져 나왔다. 그러고는 은밀히 이동을 시작했다.

제99장

사면초가(四面楚歌)

"그게 무슨 소리야, 놈들이 도주하기 시작했다니?"

추소기가 어이가 없다는 얼굴로 물었다.

마련 형주분타와 반나절 거리에 도착한 상황에서 갑작스럽게 상황이 변한 것이다.

"잘 모르겠습니다. 하지만 놈들을 감시하는 요원들로부터 연락이 왔는데 풍천뇌가와 만독방이 형주분타에서 빠져나와 북상을 시작했다고 합니다."

은혼 역시 영문을 모르겠다는 얼굴로 고개를 저었다.

"혹 내분이 일어난 겁니까? 이탈을 막기 위해서 만독방과

풍천뇌가에서 꽤나 심하게 감시를 하고 압력을 넣었다고 하던
데요."

풍월이 물었다.

"그럴 가능성이 높아 보입니다. 보고에 따르면 풍천뇌가와
만독방이 형주분타를 빠져나가기 직전에 큰 소요가 있었다고
합니다."

"모조리 뒈졌군."

황천룡의 단언에 다들 못마땅한 얼굴로 그를 응시했다.

"당연한 거 아냐? 도저히 감당할 수 없는 적은 코앞까지 밀
고 들어왔는데 함께 싸워야 할 인간들은 딴생각을 하고 있으
니 말이야. 어쩔 수 없이 도주를 선택했는데 그런 자들을 그
냥 놔두겠어? 나누면 적의 편에 서서 자신에게 칼을 들이밀
텐데. 당연히 제거를 해야지."

"풍천뇌가와 만독방이 강한 것은 사실이지만 그들을 도와
남궁세가를 치기 위해 모인 자들의 세력 또한 만만치 않습니
다. 그렇게 쉽게 당하지는 않았을 겁니다."

은혼의 반론에 황천룡이 코웃음을 쳤다.

"작심하고 뒤통수를 치면 어찌 감당해? 게다가 독에 관해선
당가와 쌍벽을 이룬다는 만독방이잖아. 슬며시 독을 풀어 중
독을 시킨 뒤 쓸어버리면 끝나는 거지. 반항은 생각도 못 하
는 거고."

황천룡의 논리 정연한(?) 말은 모두를 설득하는 데 성공했다.

"어찌해야 합니까, 궁주님?"

천마대주 물선이 조심히 물었다. 풍월이 뭐라 대답을 하기도 전, 추소기가 목소리를 높였다.

"이대로 끝까지 추격을 해서 놈들을 쓸어버려야 합니다. 놈들을 그냥 두어서는 마련을 완전히 털어낼 수가 없습니다."

"추 가주와 같은 생각입니다. 언제라도 힘을 키워 패천마궁과 대적할 자들입니다. 기회가 왔을 때 반드시 제거를 해야 합니다."

추소기와 함께 수하들을 이끌고 풍월을 따르고 있던 장로 미천고가 공격을 주장했다. 거듭되는 공세에 전홍과 광형을 비롯해 홍천봉과 곽지까지 목숨을 잃은 지금, 패천마궁에서 유일하게 살아남은 장로의 말에는 그만한 힘이 있었다.

잠시 생각에 잠겼던 풍월이 은혼을 향해 물었다.

"함께 이동하고 있다고 합니까?"

"아닙니다. 형주분타를 나설 때까지는 함께했는지 몰라도 지금은 따로 움직이는 것 같습니다."

"따로라."

두 마리 토끼를 잡는 일은 결코 쉽지 않다.

만독방과 풍천뇌가의 전력을 감안했을 때 병력을 나눠서 추격을 한다는 것은 어불성설이다. 설사 따라잡는 데 성공을 한다고 하더라도 상당한 피해가 발생할 터였다.

오랜 다툼으로 인해 만신창이가 된 패천마궁으로선 절대로 피해야 할 일이었다.

"만독방, 풍천뇌가. 어디가 좋겠습니까?"

풍월이 추소기와 미천고에게 물었다. 풍월의 의도를 곧바로 눈치챈 두 사람이 약속이라도 한 듯 소리쳤다.

"만독방입니다!"

당연한 결과였다.

적룡무가와 수라검문을 견제하기 위해 가급적 전력을 아꼈던 풍천뇌가는 패천마궁과의 다툼에서도 소극적이었다. 그에 반해 위로 치고 올라가기 위해서라도 패천마궁이란 대어를 낚아야 했던 만독방은 패천마궁에 속한 자들이라면 생각만으로도 이를 갈 정도로 악명을 떨쳤다.

"은 형."

"예, 궁주님."

"만독방을 추격합니다. 정보력을 집중해 주세요."

"알겠습니다."

명을 받은 은혼이 만독방과 풍천뇌가를 따르고 있는 요원들에게 연락을 취하기 위해 서둘러 물러났다.

"만독방과의 거리가 꽤나 벌어져 있습니다. 최대한 따라잡기 위해서라도 다소 무리를 해야 할 것 같습니다."

"걱정하지 마십시오. 놈들을 제거하기 위해서라면 지옥이라도 쫓아갈 각오가 되어 있습니다."

추소기가 가슴을 탕탕 치며 호기롭게 외쳤다.

"이곳에서 잠시 휴식을 취하고 본격적으로 추격을 시작하겠습니다. 물선."

풍월의 부름에 물선이 재빨리 달려와 한쪽 무릎을 꿇었다.

"예, 궁주님."

"천마대가 선봉이다. 본대와 상관없이 최대한 빨리 이동하여 놈들의 뒷덜미를 잡아라. 단, 전면전은 불허한다. 우리가 도착할 때까지 시간을 끌어라."

"존명!"

물선이 환호성이 터져 나오려는 것을 억지로 삼키곤 명을 받았다.

"네가 좀 도와줘야겠다."

풍월의 부탁에 형응이 고개를 끄덕였다.

"다녀오겠습니다."

간단히 대답한 형응이 어느새 천마대원들에게 궁주의 명을 전하고 있는 물선을 향해 움직였다.

천마대와 형응이 시야에서 완전히 사라진 후, 요원들에게 궁주의 명을 전하러 자리를 비웠던 은혼이 다급한 표정으로 달려왔다.

"무슨 일입니까?"

유연청과 담소를 나누는 풍월이 심상치 않은 은혼의 얼굴을 보며 물었다.

"군사께서 뇌응(雷鷹)을 보내오셨습니다."

뇌응이란 말에 풍월의 얼굴이 살짝 굳어졌다.

뇌응은 패천마궁이 운용하는 수백 마리의 전서구 중에서 가장 빠른 전서구다. 단순히 빠르다는 것이 중요한 것이 아니라 빠른 만큼 심각하고 중대한 소식을 전하기 위해 사용된다.

군사가 뇌응을 보냈다는 것은 패천마궁에 그만큼 심각한 문제가 발생했다는 것을 의미했다.

"무슨 내용입니까?"

"제가 어찌. 확인하지 못했습니다."

황급히 고개를 저은 은혼이 밀봉된 봉투를 전했다.

말없이 봉투를 받아 든 풍월이 봉인을 뜯고 안에 담긴 서찰을 빼 들었다.

[제갈세가에서 궁주님께 은밀하면서도 급한 연락을 보내 왔습니다. 가히 경천동지할 내용이기에 황급히 뇌응을 띄웁니다.

며칠 전, 남궁세가와 정의맹의 맹주에게 하오문에서 보낸 전령이 도착했습니다. 그들은 하오문주가 보낸 밀서를 지니고 있었는데 밀서에는……]

서찰을 읽어 내려가는 풍월의 표정이 점점 사납게 일그러졌다.

"미친!"

서찰을 구기는 풍월의 입에서 거친 욕설이 터져 나왔다.

"은 형."

"예, 궁주님."

"당장 천마대를… 아니, 됐습니다. 위지평."

풍월이 좌측으로 고개를 돌렸다.

"예, 궁주님."

"지금 즉시 발이 빠른 수하를 보내 천마대에게 회군하라 전해라."

"존명!"

위지평은 조금의 의문도 품지 않고 명을 받았다. 방금 전, 풍월의 일그러진 얼굴만으로도 모든 이유가 설명이 됐다.

"무슨 일인지 여쭤도 되겠습니까?"

추소기가 조심스레 물었다.

"개천회의 정체가 밝혀졌답니다."

풍월이 기가 막히다는 얼굴로 말했다. 하지만 어딘지 모르게 짜증이 묻어나는 그와는 달리 듣고 있던 사람들은 경악을 금치 못했다.

"어떤 놈들이랍니까?"

"어디에 있는 놈들이지요?"

"누가, 어떻게 밝혀낸 것입니까?"

여러 질문이 한꺼번에 쏟아졌다.

"하오문에서 밝혀낸 모양입니다. 최근의 참화도 비밀이 새어 나가는 것을 막기 위해 개천회가 벌인 짓이랍니다. 아무튼 개천회의 정체를 밝혀낸 하오문에선 남궁세가 정의맹주에게 이 사실을 알렸고, 남궁세가와 정의맹이 개천회를 치기 위해 즉시 움직였답니다."

"그러니까 어떤 놈들이 개천회라는 건데?"

황천룡이 답답함을 참지 못하고 버럭 소리를 질렀다.

"서문세가. 정의맹의 서문세가랍니다. 나 원! 이게 말이나 되는 상황입니까?"

풍월이 실소를 내뱉으며 물었지만 아무도 대답하지 못했다. 기함한 얼굴로 풍월의 눈치만 볼 뿐이다. 전혀 예상치 못한 가문이 개천회로 드러났기 때문이 아니었다. 개천회로 지목받은 서문세가가 다름 아닌 풍월의 본가이기 때문이었다.

*　　　　*　　　　*

늦은 밤, 서문세가는 난리가 났다.

남궁세가와 정의맹의 정예들이 서문세가를 향해 접근하고 있음을 확인했기 때문이다. 문제는, 어째서 그들이 서문세가로 향하고 있는지 그 이유를 알 수가 없다는 것이다.

  몇 번이나 전령을 보내고 전서구를 띄워 봐도 소용이 없었다. 전령은 되돌아오지 않았고, 전서구에 대한 답신 또한 없었다.

  "아직도 확인이 되지 않은 것이냐?"

  노가주 서문룡의 노호성에 서문세가를 이끌고 있는 가주 서문진의 몸이 움찔했다.

  "서문경에게선 아직도 연락이 없느냐?"

  서문룡이 다시 물었다.

  "예, 백방으로 확인을 하려고 해봐도 전혀 확인이 되지 않고 있습니다."

  "빌어먹을!"

  노기를 참지 못한 서문룡이 탁자를 후려치며 벌떡 일어났다.

  "혁련세가나 황산진가 놈들이 쳐들어오는 것은 이해를 할 수 있다. 본가를 제거함으로써 몰락한 남궁세가, 정무련을 대신할 정의맹을 제 놈들 것으로 만들기 위함이겠지. 한데 어째서 남궁세가냐? 마련 놈들 때문에 정신이 없어야 할 남궁세가가 대체 무슨 이유로 저놈들과 함께 본가로 몰려온다는 말이냐?"

  이유를 알지 못하기는 모두가 마찬가지였다.

  그때였다. 감찰단주 서문겸이 문을 박차고 들어섰다.

"큰일 났습니다!"

서문룡이 성큼성큼 다가가 그의 멱살을 틀어쥐었다.

"또 무슨 일이냐?"

"나, 남궁세가뿐만이 아닙니다."

"남궁세가뿐만이 아니라니. 하면 다른 곳에서도 본가로 오고 있다는 말이냐?"

서문룡이 죽일 듯 노려보며 물었다.

"예, 제갈세가와 당가의 무인들이 본가를 향해 이동 중임이 확인되었습니다."

서문겸의 멱살을 틀어쥔 서문룡의 손이 힘을 잃었다.

"어, 어째서 그들까지……."

서문룡은 서문세가에 닥친 상황을 도저히 이해할 수가 없었다.

백번 양보하여 남궁세가가 끼어든 것은 장차 마련과의 싸움에서 정의맹의 지원을 얻어보려 함이라 여겨도 당가와 제갈세가는 이유가 없었다. 특히 봉문 중인 제갈세가가 지금 시점에서 봉문을 깨고 나선 이유가 뭔지 오히려 궁금했다.

그러나 그들 모두가 우호적인 입장에서 서문세가를 방문하는 것이 아니라는 것, 그것 하나는 확실했다.

"어찌해야 합니까?"

서문진이 조심스레 물었다.

"어찌하다니? 뭘 말이냐?"

서문룡이 짜증 섞인 음성으로 되물었다.

"그런 일이 벌어지지 않기를 간절히 바라지만, 만약 저들의 본가를 공격한다면 어찌 대응을 해야 하는지 여쭙는 것입니다."

"명색이 가주라는 놈이 그걸 말이라고 하느냐? 공격을 당했으면 당연히 반격을……."

불같이 화를 내던 서문룡이 갑자기 입을 다물었다.

사실상 강남무림을 이끄는 자들이 모조리 몰려오고 있었다. 혁련세가라면 몰라도 남궁세가와는 솔직히 일대일로 붙어도 이길 가능성이 별로 없었다. 당가도 마찬가지였다. 그런 상황에서 반격이란 애당초 말이 되지 않는 것이다.

"반격… 은 무의미한 것이겠지."

입술을 잘근잘근 깨문 서문룡의 눈에서 한광이 뿜어져 나왔다.

"그렇다고 아무것도 하지 못한 채 목을 내밀 수는 없는 노릇. 최대한 충돌을 배제하고 일단은 어떤 굴욕이라도 감수한다. 하나, 놈들의 목표가 본가의 말살 그 자체라면 우리 또한 죽을 각오로 맞서야 할 것이다."

서문룡의 항전 선언에 회의장은 죽음과도 같은 침묵이 찾아왔다.

절벽 끝으로 몰린 암담한 상황, 그들의 심정을 알기에 서문룡은 별다른 말을 하지 않았다.

"하지만 가문의 미래까지 완전히 버릴 수는 없겠지. 가주."

"예."

"휘아를 불러라."

지금 이 순간, 서문룡은 서문경을 따라 정의맹에서 머물던 서문휘가 반년 전에 세가로 돌아온 것을 하늘의 돌보심이라 믿었다.

＊　　　　＊　　　　＊

서문세가에서 동북쪽으로 십여 리 떨어진 야산에 일단의 무리들이 조용히 은신해 있었다.

숫자는 대략 오십여 명 정도.

다들 태양혈이 불끈 솟았고 눈빛이 정명한 것이 실로 만만찮은 실력자들처럼 보였는데, 개천회에서 최고의 실력을 자랑하는 개천단원들이다.

"상황이 어찌 돌아가고 있다더냐?"

나무 그늘 아래서 밤이슬을 피하며 가볍게 술잔을 기울이고 있던 위지허가 물었다.

"혁련세가와 황산진가를 주축으로 하는 정의맹의 병력들은 이미 도착을 했고, 남궁세가와 제갈세가의 무인들 역시 지척에 이른 것으로 압니다."

개천단 부단주 능곡이 공손히 대답했다.

"공격 시점은?"

"반 시진 후로 알고 있습니다."

"반 시진? 그렇게나 빨리?"

위지허와 술잔을 기울이고 있던 구장로 육잠이 깜짝 놀라 되물었다.

"예, 다들 빨리 공격을 하자고 난리를 친다고 합니다."

"크크크! 어리석은 것들. 제 놈들이 무슨 짓을 하는지도 모르면서."

현 상황이 재밌는지 육잠이 키득거리며 웃었다.

"서문세가는 어찌하고 있다더냐?"

위지허가 다시 물었다.

"딱히 뭘 할 상황이 아닙니다. 계속해서 전령을 보내는 것 같습니다만 정의맹 쪽에서 대화 자체를 거부하는 중이니까요."

"잘하고 있군."

위지허가 만족한 얼굴로 고개를 끄덕였다.

"한데 놈들이 항복을 하면 어찌 되는 겁니까? 결백을 증명하니 어쩌니 하면 골치 아플 수도 있을 텐데요."

육잠이 물었다.

"항복을 한다고 해도 쉽게 받아들이지 않겠지만 애당초 항복할 상황도 만들지 않을 것이네."

"하긴 그러네요. 설사 일이 꼬인다고 해도 우리가 그렇게 만들지 않을 테니까요."

"그렇지. 부단주."

가볍게 고개를 끄덕인 위지허가 능곡을 불렀다.

"예, 대장로님."

"제갈세가는 언제쯤 이곳에 도착할 것 같더냐?"

위지허가 좌측으로 보이는 계곡을 눈짓으로 가리키며 물었다.

"공격 시점 전에 도착할 것 같습니다."

"그럼 얼마 남지 않았구나."

"예."

"은선곡은, 별다른 움직임은 없고?"

"예, 아직까지 별다른 움직임은 없습니다만 계속해서 전서구가 오가는 것으로 보아……."

능곡이 말끝을 흐렸다. 수하 한 명이 서둘러 달려오는 것을 보았기 때문이다.

"부단주님."

"무슨 일이냐?"

능곡이 위지허의 눈치를 보며 나직이 물었다.

"척후의 보고에 따르면 놈들이 은밀히 움직이고 있다고 합니다."

순간, 위지허의 눈썹이 꿈틀거렸다.

"싸움이 시작도 하지 않았는데 벌써? 흠, 서문세가에서 위기를 타개할 비장의 한 수로 쓸 것이라 생각했거늘 예상보다 빨리 움직였구나. 능곡."

"예, 대장로님."

"은선곡은 제갈세가를 낚아야 하는 미끼다. 놈들이 이곳을 떠나게 놔둬선 안 될 것이다."

"바로 공격을 시작하겠습니다."

능곡이 황급히 물러나자 위지허가 육잠에게 시선을 돌렸다.

"제법 만만찮은 놈들이 있다니 우리도 거들어야 할 것 같네."

"기다리기 지루했는데 잘됐네요. 본격적으로 놀기 전에 준비운동이나 해야겠습니다."

육잠이 고개를 좌우로 꺾으며 진한 살소를 지었다.

"아직 멀었느냐?"

와룡대주 제갈건의 물음에 길잡이 역할을 하고 있던 사도진이 손을 들었다.

"다 왔습니다. 저곳이 바로 은선곡입니다."

제갈건의 시선이 사도진의 손을 따라 이동했다. 그다지 규모가 큰 계곡은 아니나 좌우로 숲이 우거져 있고, 특히 입구가 좁아 외부의 이목을 피하기에 적당해 보였다.

"몇 놈이나 모여 있다고 했지?"

"제가 확인한 인원은 대략 삼십 정도 됩니다만 얼마나 많은 인원이 숨어 있는지는 정확히 알 수가 없습니다. 문제는 몇몇 인물들의 실력이 보통이 아니라는 겁니다."

"그래 봤자 늙은 퇴물들이고 범죄자들에 불과할 뿐이다."

제갈건이 자신의 경고를 무시하자 사도진의 표정이 일그러졌다.

"황금야차(黃金夜叉)와 광명서생(狂明書生)을 늙은 퇴물이라 무시하기엔 그들이 지닌 무위가 너무도 뛰어납니다. 조심해야 합니다. 자칫하다간……."

사도진은 뒷말을 아꼈지만 제갈건은 여전히 그의 말을 신경 쓰지 않았다.

"걱정하지 마라. 이 정도의 난관을 넘지 못할 정도로 와룡대는 약하지 않다."

"하지만……."

뭐라 말을 하려던 사도진은 결국 입을 다물었다.

지력은 뛰어나나 무력은 약하다는 오명을 씻고자 제갈세가에서 심혈을 기울여 키워낸 와룡대가 얼마나 뛰어난지 사도진 역시 알고 있었기 때문이다. 그래도 제갈건의 지나친 자신감이 영 마음에 걸렸다. 물론 이길 수 없음을 걱정하는 것은 아니다. 다만 그 과정에서 많은 피해를 당할 가능성을 우려하는 것이었다.

"놈들이 아직 이곳에 있는 것은 확실하겠지?"

"예, 한 시진 전까지는 확실하게 움직이지 않았습니다. 그리고 움직였다면 이미 연락이 왔을 겁니다."

사도진은 은선곡을 지켜보고 있던 비응단 요원이 이미 제거가 되었음을 모르고 있었다.

"좋아, 시간 끌 것 없겠지. 선린."

제갈건의 외침에 와룡대 부대주 제갈선린이 기다렸다는 듯 대답했다.

"예, 대주."

"시작해."

"예."

힘차게 대답한 제갈선린이 수신호를 보내자 대기하고 있던 인원이 은선곡으로 이동을 시작했다. 시작은 양호했다. 사도진의 걱정과는 달리 거칠 것이 없었다.

하지만 첫 번째 시신을 발견하면서 모든 상황이 바뀌기 시작했다.

목을 부여잡고 쓰러진 시신을 시작으로 몇 걸음을 더 이동하자 사방에 시신이 널려 있었다. 큰 싸움이 있었는지 주변은 초토화가 된 상태였다.

"이게 무슨……."

기세 좋게 진입했던 제갈선린은 예상치 못한 상황에 당혹감을 감추지 못했다.

"죽은 지 얼마 되지 않았습니다."

시신에 온기가 남아 있음을 확인한 사도진이 딱딱하게 굳은 얼굴로 말했다.

"이놈들이 서문세가에서 키우는 비밀 병기가 확실한 거야?"

제갈선린이 물었다.

"아마도… 확실합니다."

좌우로 고개를 돌리던 사도진이 처참하게 널브러진 황금야차의 주검을 보곤 고개를 끄덕였다.

"대체 어떤 놈들이 선수를 친 거지?"

어느새 달려온 제갈건이 분노한 눈빛으로 말했다. 그는 이들의 죽음이 제갈세가의 공을 탐낸 다른 문파의 짓이라 여겼다.

"저들이 그 대답을 해줄 것 같습니다만."

사도진이 계곡 안쪽에서 걸어 나오는 이들을 가리키며 말했다. 한데 그들만이 아니었다. 후미에서 조용히 모습을 드러낸 이들이 외부로 통하는 길목을 차단하고 나섰다.

제갈건은 와룡대 숫자의 절반밖에 되지 않는 자들이 후미를 차단하는 것을 보곤 전신에 소름이 돋았다. 그들의 태연스러운 움직임에서 와룡대 정도는 얼마든지 상대할 수 있다는 자신감을 느꼈기 때문이다.

혼란스러웠다. 은선곡을 공격했다면 적이 아닐 가능성이 컸다. 하나, 적이 아니라면 후미를 차단할 이유도 없지 않은가.

"그대들은 누군가?"

제갈건이 신중히 물었다.

"그걸 알려줄 필요는 없을 것 같은데."

핏물이 뚝뚝 떨어지는 칼을 들고 나타난 능곡이 어깨를 으쓱거리며 말했다.

"네놈이 감히!"

능곡의 비아냥을 참지 못한 제갈선린이 그를 향해 움직이려 하자 제갈건이 재빨리 만류하며 물었다.

"은선곡이 어떤 곳인지 알고 공격한 건가?"

"물론. 서문세가에서 키우고 있던 떨거지들이지. 그래도 제법 실력들은 있더군."

능곡은 기습을 했음에도 무려 다섯이나 되는 수하를 잃었다는 것을 상기하며 인상을 구겼다.

"고맙다고 해야 하나? 우리가 할 일을 대신 해줬으니 말이야."

"아니, 어차피 지워질 놈들이었어. 사실 놈들이 이동만 하려 하지 않았으면 우리가 손을 쓸 이유는 없었지. 애당초 미끼에 불과한 놈들이었거든, 우리에겐."

능곡이 제갈건과 주변에 포진되어 있는 와룡대를 살펴보며 진하디 진한 미소를 지었다.

"와룡대라는 나름 대어를 낚을 수 있는 미끼."

제갈건의 눈빛이 흔들렸다.

은선곡을 공격했다는 것에서 혹시나 하는 기대를 가져보았지만 불길한 예감은 벗어나지 않았다.

"누구냐, 네놈들은?"

"알려줄 필요가 없다고 분명 말했을 텐데. 일단 저승에 가서 기다려 보라고. 이제 곧 알려줄 사람들이 떼로 몰려갈 테니까."

비릿한 미소를 지은 능곡이 이미 피맛을 보고 잔뜩 흥분해 있는 수하들을 향해 외쳤다.

"죽여라!"

『검선마도』 14권에 계속…

이제부터 전자책은

이젠북

www.ezenbook.co.kr

새로운 세계가 열린다!

김재한 『성운을 먹는 자』	철백 『대무사』
니콜로 『마왕의 게임』	가프 『궁극의 쉐프』
이경영 『그라니트:용들의 땅』	문용신 『절대호위』
탁목조 『일곱 번째 달의 무르무르』	천지무천 『변혁 1990』
강성곤 『메이저리거』	SOKIN 『코더 이용호』

이름만 들어도 황홀할 정도의 별들의 향연!
이들의 "유료연재"가 시작됩니다!

검색창에 **이젠북**을 쳐보세요! ▼

초대형 24시 만화방

신간 100%, 샤워실, 흡연실, 수면실(침대석), 커플석, 세탁기 완비

▪ 광명 광명사거리역점 ▪

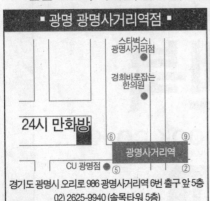

경기도 광명시 오리로 986 광명사거리역 6번 출구 앞 5층
02) 2625-9940 (솔목타워 5층)

▪ 강북 노원역점 ▪

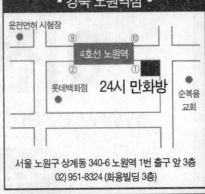

서울 노원구 상계동 340-6 노원역 1번 출구 앞 3층
02) 951-8324 (화용빌딩 3층)

▪ 일산 정발산역점 ▪

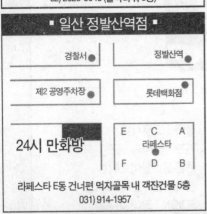

라페스타 E동 건너편 먹자골목 내 객잔건물 5층
031) 914-1957

▪ 일산 화정역점 ▪

경기도 고양시 덕양구 화정동 984번지 서일빌딩 7층
031) 979-4874 (서일사우나 건물 7층)

▪ 부천 역곡역점 ▪

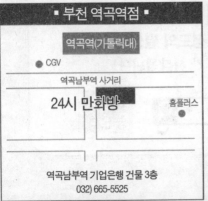

역곡남부역 기업은행 건물 3층
032) 665-5525

▪ 부평역점 ▪

(구) 진선미 예식장 뒤 한신포차 건물 10층
032) 522-2871

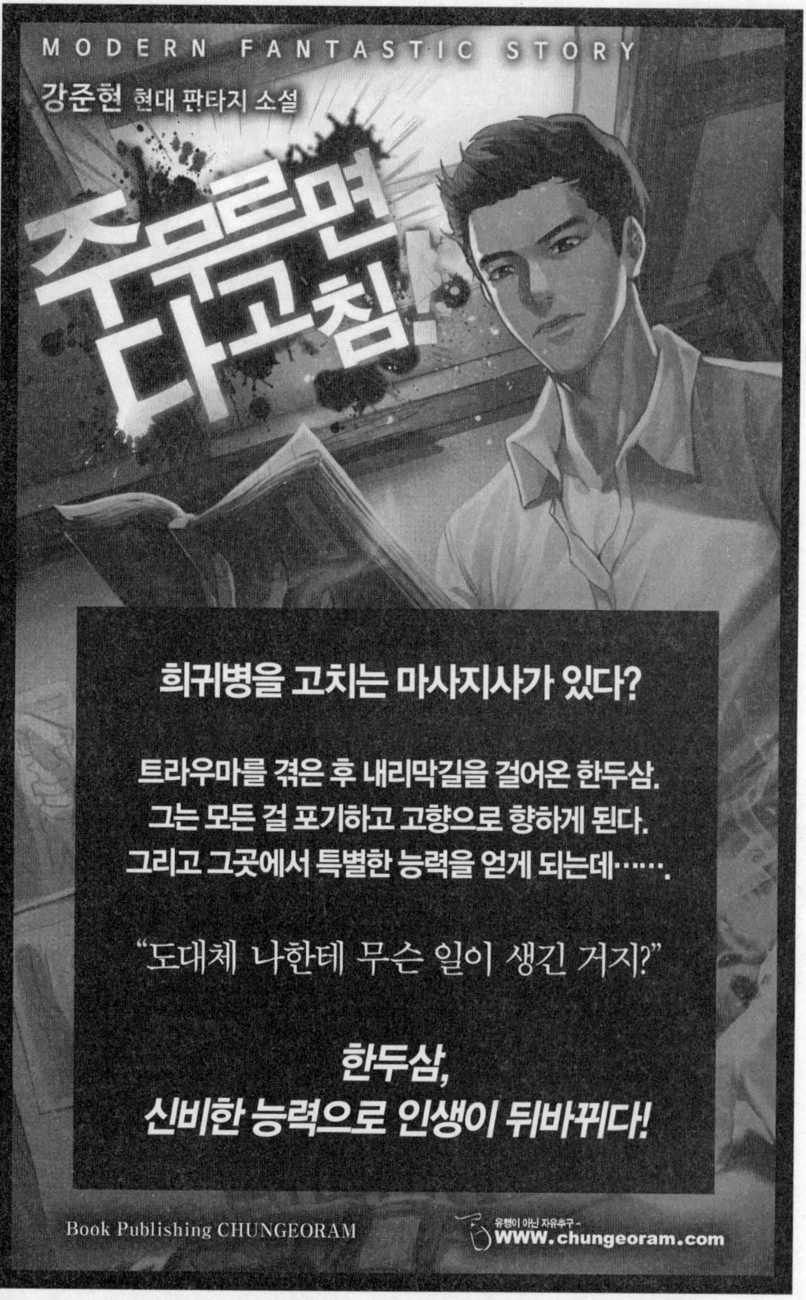
MODERN FANTASTIC STORY
강준현 현대 판타지 소설
주무르면 다 고침!
희귀병을 고치는 마사지사가 있다?
트라우마를 겪은 후 내리막길을 걸어온 한두삼.
그는 모든 걸 포기하고 고향으로 향하게 된다.
그리고 그곳에서 특별한 능력을 얻게 되는데…….
"도대체 나한테 무슨 일이 생긴 거지?"
한두삼,
신비한 능력으로 인생이 뒤바뀌다!
Book Publishing CHUNGEORAM
유행이 아닌 자유추구 -
www.chungeoram.com

실명 무사

김문형 新무협 판타지 소설

FANTASTIC ORIENTAL HEROES

망자가 우글거리는 지하 감옥에서
깨어난 백면서생 무명(無名).

그런데, 자신의 이름과 과거가 기억나지 않는다?
잃어버린 기억을 되찾기 위해 망자 멸절 계획의 일원이 되는 무명.

망자 무리는 죽음의 기운을 풍기며
점차 중원을 잠식해 들어가는데⋯⋯!

"나는 황궁에 남아서 내가 누구인지 알아낼 것이오."

중원 천하를 지키기 위한
무명의 싸움이 드디어 시작된다!

Book Publishing CHUNGEORAM

유행이 아닌 자유추구 -
WWW. chungeoram.com

너의 옷이 보여

킹묵 **현대 판타지 소설**

MODERN FANTASTIC STORY

꿈을 안고 입학한 디자인 스쿨에서
낙제의 전설을 쓴 우진.
실망한 채 고국으로 돌아오기 직전 교통사고를 당하고,
아무것도 보이지 않던 왼쪽 눈에
무언가가 보이기 시작한다.

그것도 어딘가 이상하게.

오직 그 사람만을 위한 세상에 단 한 벌뿐인 옷.
옷이 아닌 인생을 디자인하라!

디자이너 우진, 패션계에 한 획을 긋다!

Book Publishing CHUNGEORAM

유행이 아닌 자유추구 -
WWW.chungeoram.com

FUSION FANTASTIC STORY

초인의 게임

니콜로 장편소설

지저 문명의 침략으로 멸망의 위기에 빠진 인류.
세계 최고의 초인 7명이 마침내 전쟁을 종식시켰으나
그들의 리더는 돌아오지 못했다.

그리고 17년 후.

"서문엽 씨!
기적적으로 생환하셨는데 기분이 어떠십니까?"
"…너희 때문에 X같다."

죽어서 신화가 된 영웅.
서문엽이 귀환했다.

Book Publishing CHUNGEORAM

유행이 아닌 자유추구
WWW.chungeoram.com